정복왕 King of Conquest

BBULMEDIA FANTASY STORY

비경(飛炅) 판타지 장편 소설

정복왕

〈완결〉

6

King of Conquest

뿔미디어

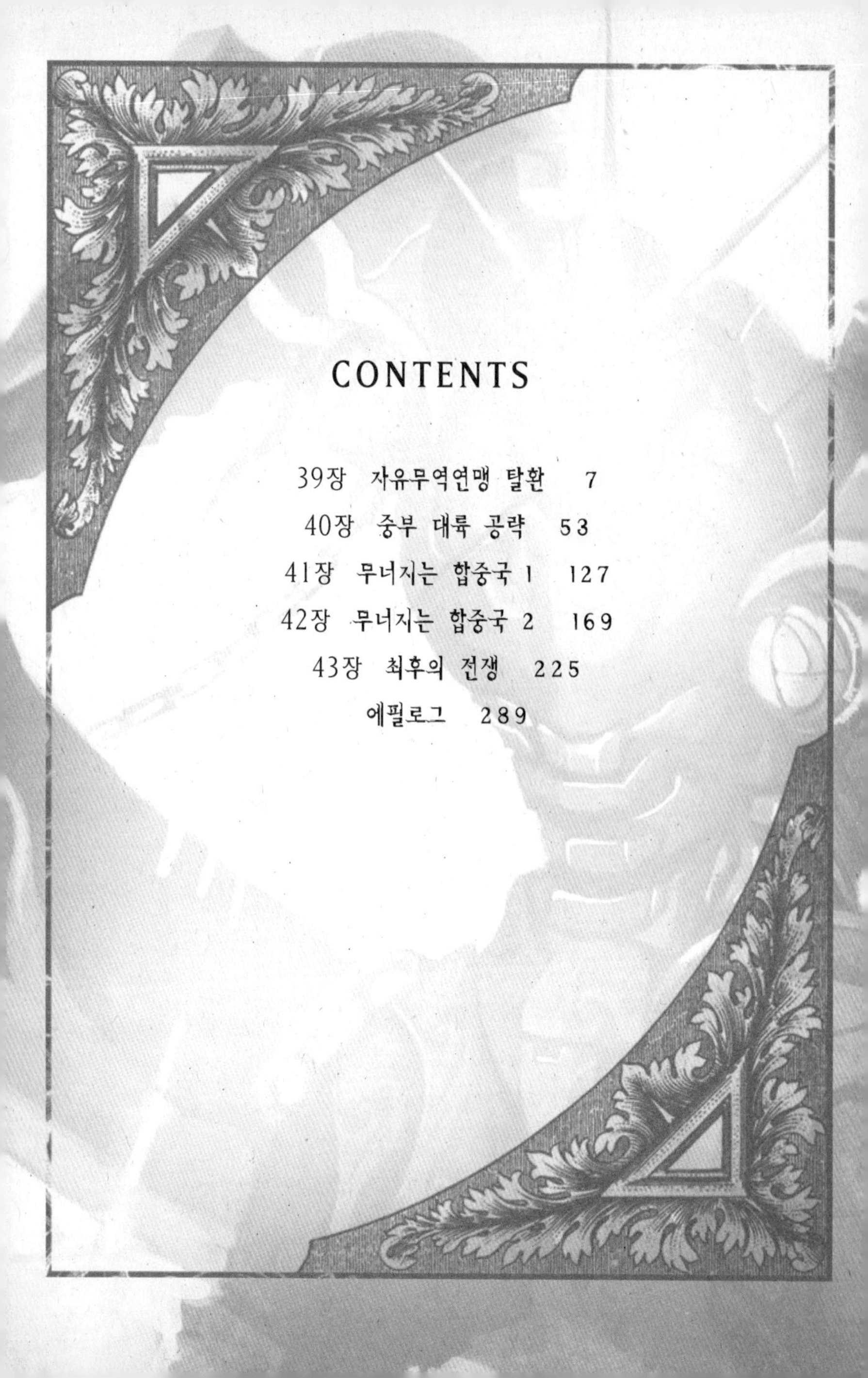

CONTENTS

39장

자유무역연맹 탈환

(1)

크로아 왕국의 북동부 국경 지대.

자유무역연맹과 닿아 있는 국경 지대였는데 평소와 달리 훨씬 더 많은 기간트들이 장엄하게 서 있었다.

그 수는 총 300기.

그중에서도 유독 핏빛 같은 색을 자랑하는 4기의 기간트와 칠흑을 상징하는 검은 기간트 1기가 선두에 서 있었다.

그리고 그 아래에 형성된 수많은 막사 중에서도 가장 큰 막사에서 현재 회의가 벌어지고 있었다.

“아르젠 각하께서 무사히 임무를 수행하셨다고 합니다. 크림슨 나이트는 앞으로 리안느 왕국의 세력과 연합하여 자유무역연맹의 북부를 향해 진격을 감행할 것이라 합니다.”

멕시다 드 로페 백작이 고개를 숙인 채 카젠트에게 말을 했고, 카젠트는 가볍게 고개를 끄덕이더니 입을 열었다.

“현재 저들의 전력은 어떻게 되지?”

“자유무역연맹 전반에 걸쳐 분산되어 있습니다. 그리고 5인의 별 중 한 사람인 루이딘 바리카 준장은 용병 연합의 총본부가 있던 렌달 시에 있는 것으로 확인되었습니다.”

“루이딘 바리카라, 상대하지 못하는 것이 아쉽군.”

계획대로라면 루이딘 바리카를 상대하는 것은 그가 아닌 헤르매스 국왕이었다. 북쪽에서 내려오는 리안느 왕국의 잔여 세력이 렌달 시와 더 가깝기 때문에 생긴 일이었다.

본래라면 타이렌 합중국의 기간트 160기와 자유무역연맹의 기간트 120기까지 엄청난 세력이었지만 모두 퍼져 있다는 약점이 있었기 때문에 가능한 전략이었는데,

그래도 혹시 부족할까 싶어서 아르젠을 미리 파견한 것이다.

"타이렌 합중국에는 여전히 4명의 마스터가 더 있으니 걱정하지 마시지요, 전하."

세우스가 웃으면서 말하자 카젠트는 얼굴을 찌푸린 채 고개를 끄덕였다.

자유무역연맹에 있는 타이렌 합중국 세력을 격파하는 것과 동시에 타이렌 합중국으로 전진할 계획이었다.

"제국의 황제가 그렇게까지 미친놈일 줄은 몰랐지."

카젠트의 말에 모두가 고개를 끄덕였다.

분산된 타이렌 합중국의 세력을 격파하더라도 피해는 상당히 클 것이기 때문에 본래 합중국 본토로 진격할 수가 없었다. 괜히 제국 다음의 강대국이 아닌 것이다.

160기라는 엄청난 전력을 순식간에 채울 수 있는 역량을 가지고 있었고, 단지 군비를 유지하는 것이 힘들어 더 많은 기간트를 생산하지 않는 것이었다.

하지만 자국의 군대가 패했다는 말을 듣는 순간, 무시무시한 속도로 기간트를 생산할 것이고 이를 압도할 능력이 크로아 왕국에게는 없었다.

하지만 한 첩보 덕분에 완전히 계획을 바꿔 타이렌 합

중국의 본토로 진격할 수 있게 되었다. 바로 제국의 황제가 중부연합왕국과의 전쟁에서 승리했다는 소식이었다. 그 얘기가 전해지자마자 제국의 본토에서 대기하고 있던 북부 군단과 서부 군단을 합중국으로 진격시킨 것이다.

갑작스런 제국의 공격에 깜짝 놀란 타이렌 합중국은 북부 군단과 서부 군단을 막기 위해 전 세력을 돌렸다.

"첩자들이 좋은 정보를 얻었습니다. 정말 합중국의 저력이 대단하다는 말밖에 나오지 않는군요."

디스트로이어에 대비하고 있는 나라는 크로아 왕국만 있는 것이 아니었다.

크로아 왕국의 비밀 병기와는 전혀 다른 방식으로 타이렌 합중국은 디스트로이어를 막아 냈다.

안티마나필드가 실린 방패를 강화시킨 후, 그 방패를 든 10기 이상의 기간트가 겹겹이 서서 디스트로이어의 위력을 최소화하는 것이었다.

애초에 목적이 영토 확보였기 때문에 중부연합왕국이나 자유무역연맹에 있는 세력들 역시 함부로 움직일 수가 없었고, 덕분에 현재 제국과 합중국은 전선이 고착된 채 치열하게 싸우고 있었다.

"뭐 일이 잘 풀려나가는군. 신이 나를 도와준다고 생각될 정도야. 타이렌 합중국의 점령까지는 일이 쉽겠군."

카젠트의 말에 모두들 고개를 끄덕이며 수긍했다. 문제는 그다음부터였지만 일단 첫 번째 계획은 타이렌 합중국의 점령까지였다.

"멀지 않았다, 모든 것이. 이번이 마지막 싸움이 될 것이다. 모두들 최선을 다하도록. 내일 자유무역연맹을 향해 진격해 타이렌 합중국의 마수에서 구해 내는 것이다."

"전하의 명을 받듭니다!"

모든 제장들이 그 자리에서 고개를 숙이며 외쳤다.

한편, 헤르매스 국왕을 비롯한 리안느 왕국의 잔여 세력과 아르젠 역시 회의 중이었다.

"거의 모든 기간트들이 분산 배치되어 있고 렌달 시에 남은 기간트의 숫자는 총 70기로 판명되었습니다."

한 귀족의 말에 헤르매스 국왕이 미소를 지었다. 비록 20기 정도 더 많았지만 이제는 그 차이를 줄일 수 있는 전력이 더 늘어났기 때문이다.

리안느 왕국의 세 번째 마스터 레기오스 드 파르테온이 잔여 세력과 합류하는 데에 성공한 것이다.

이로써 3명의 마스터를 보유하게 되었으니 렌달 시를 넘어 합중국으로 진격하는 것은 어려운 일이 아니었다.

"몸은 괜찮소, 레기오스 공작?"

"많이 괜찮아졌습니다. 본래 실력의 7할 정도는 충분히 발휘할 수 있습니다. 그런데 전하, 이분은?"

레기오스 공작이 아르젠을 향해 묻자 아르젠이 고개를 숙이며 인사했다.

아르젠보다 15살 정도 나이가 더 많았고 훨씬 먼저 마스터의 경지에 오른 선배였기에 존경을 표시하는 의미에서 그런 예의를 취한 것이었다.

"처음 뵙겠습니다, 레기오스 공. 본인은 크로아 왕국에서 근위기사단장을 맡고 있는 아르젠 드 토렌이라 합니다. 작위는 후작입니다."

"오, 크로아 왕국에 동부의 무신 말고도 마스터의 경지에 오른 이가 또 있을 줄은 몰랐군요. 매우 젊어 보이는데 그 기도가 저에 전혀 뒤떨어지지 않는군요. 지금의 저라면 그대를 이길 자신이 없군요."

망국이 되어 버린 나라를 다시 회복하기 위해 아직 완

치되지 않은 몸을 이끌고 나선 레기오스 공작임을 알기에 아르젠은 고개를 저었다.

"제가 어찌 레기오스 공의 상대가 될 수 있겠습니까? 너무 과한 칭찬입니다."

"허허. 너무 과한 겸손도 보기 좋지 않습니다. 그렇지 않습니까, 전하?"

"확실히 레기오스 공의 말도 일리는 있군. 저토록 젊은 나이에 저런 경지라니, 정말 대단하지. 그보다 더 강하다는 동부의 무신이 정말 기대될 정도야."

천생 기사였기 때문에 강함을 따지는 것은 생리에 가까워서 잠시 회의가 지연되었다.

그것을 깨달았는지 헤르매스 국왕이 피식 웃으며 회의 분위기를 다시 환기시켰다.

"아르젠 공, 여기서 자유무역연맹까지는 얼마나 걸리지?"

"이틀이면 충분합니다. 국경 지대에는 아직까지 그리 전력이 많지 않습니다. 그리고 그 국경 지대만 넘으면 바로 렌달 시입니다. 빠르면 반나절, 늦어도 하루면 충분히 렌달 시에 도착할 수 있습니다. 물론, 최대한 빨리 도착해서 렌달 시를 돌파해야 타이렌 합중국의 남은 세력을 수

월하게 꺾을 수 있습니다만."

"그 정도는 문제없다. 루이딘 바리카 준장이 대단하다고는 하지만 그를 못 이길 것이라는 생각은 들지 않는군."

헤르매스 국왕이 자신만만한 미소를 지으며 말을 했다.

그 역시 마스터 위의 마스터에 올랐다고 여겨지는 마스터였기 때문에 보일 수 있는 당연한 자신감이었다.

"그럼 루이딘 바리카 준장은 전하께 맡기고 저와 아르젠 공이 나머지를 해치우는 것으로 하지요. 그라면 충분히 저희 부대를 이끌어 줄 수 있는 역량이 있으니까요."

부대를 세 개로 나누어 전진할 계획이었는데 레기오스 공작이 의외로 지휘관에 아르젠을 추천한 것이었다.

"외부인인 저에게 굳이 부대를 맡기실 필요는 없습니다, 레기오스 공."

"마스터를 홀대할 수는 없는 노릇. 그리고 동맹을 믿지 못해서야 쓰겠나? 전하께서도 이미 그렇게 생각하고 계시다네."

레기오스 공작의 말에 아르젠이 헤르매스 국왕을 바라

보자 헤르매스 국왕이 고개를 끄덕이며 동의했다.

"본국은 기사의 나라이네. 강함으로 모든 것이 증명되는 나라지. 동맹을 맺었으니 밑의 부하들도 뭐라 반발하지 않을 것이네. 마스터라는 이름에 담긴 힘은 우리나라에서는 매우 무겁다네."

"두 분이 모두 그렇게 말씀하시니 어쩔 수 없군요."

총 51기의 기간트를 17씩 3부대로 나눠서 제1부대는 헤르매스 국왕이, 제2부대는 레기오스 공작이, 그리고 제3부대는 아르젠이 맡기로 결정되었다.

다음 날, 부대는 빠른 속도로 진격을 위한 준비를 했다.

당분간, 기간트를 정비할 시간도 얻기 힘들 것이니 지금이 정비할 마지막 기회였다.

그리고 정오가 되었을 때, 모든 준비가 완료되었다.

—진격이다, 나의 기사들아!—

자유무역연맹을 탈환하기 위한 진격이 시작되었다.

(2)

자유무역연맹의 북쪽 국경 지대 요새를 지키고 있는 이

는 타이렌 합중국의 대령인 리아넬 루그란이었다.

엑스퍼트 상급의 경지에 오른 기사였지만 그 성격이 매우 급해 사고를 자주 치는 기사이기도 했다.

지금 역시 원래라면 본대에서 편하게 지낼 입장이었지만 자유무역연맹의 여인을 함부로 건드렸기 때문에 벌로 이 요새를 지키게 된 것이다.

때문에 리아넬 루그란은 루이딘 바리카 준장에게 지금도 열심히 욕을 하고 있었다. 물론 속으로만.

5인의 별이 가진 이름의 무게는 매우 무겁고 신성했기 때문에 5인의 별 중 한 사람인 루이딘 바리카 준장에게 욕을 했다 부하들에게 걸리면 그야말로 국물도 없는 것이다.

"그래도 겨우 길거리 여인 하나 건드렸다고 이럴 수는 없지."

그러자 타이렌 합중국의 다른 장교들은 모두 어이없다는 표정을 지었다.

리아넬의 사고방식은 모든 인간의 평등을 추구하는 합중국의 정신과 매우 어긋나는 것이었다. 하지만 계급이 깡패라고 모두 속으로만 리아넬 대령을 욕할 뿐이었다.

"곧 돌아가실 수 있을 것입니다. 완벽히 자유무역연맹의 장악이 끝나면 이들의 군세와 합쳐 크로아 왕국으로 진격하지 않습니까? 그때 되면 준장님도 대령님을 다시 부르실 겁니다."

한 장교가 웃으면서 말하자 리아넬도 고개를 끄덕였다. 그러면서 그는 기대 어린 표정을 지었다.

"크로아 왕국의 기사들은 이 용병 놈들보다 강하겠지? 정말 여기 놈들은 근성이 없어. 검 휘두르기 전에 항복하는 쓰레기들로만 가득 찼으니. 용병왕이 없었더라면 지루해 죽었겠지."

모든 장교들 역시 그 말에는 동감했다.

처음으로 진출한 다른 대륙이었는데 시작부터 너무 시시해서 불만이 많았던 것은 비단 리아넬뿐이 아니었다. 공을 세우고 싶어 하는 모든 장교들이 더욱더 화려한 전투를 원하고 있었다.

"통신병으로부터의 긴급 연락입니다! 리안느 왕국의 기간트들이 현재 요새를 향해 달려오고 있다고 합니다. 그 수는 대략 50기!"

한 병사가 다급한 표정으로 뛰어오며 외치자 모두들 깜짝 놀라 자리에서 일어났다.

리아넬 역시 깜짝 놀란 얼굴로 소식을 전한 병사를 바라보았다.

“제국에 의해 사라진 리안느 왕국의 군대가 어떻게 이곳에 나타난단 말이냐!”

“그 군대의 정체를 확신할 수 없습니다만 분명 자유무역연맹 소속은 아닌 것 같습니다! 얼핏 본 것에 의하면 리안느 왕국의 문장이 그려져 있었다고 합니다!”

그 말에 모두들 의아한 표정을 지었다.

리안느 왕국을 비롯한 중부연합왕국의 세 왕국이 사라졌다는 것을 이미 그들은 알고 있었다. 그런데 그 정도 군대를 아직까지 보유하고 있을 줄은 몰랐다.

“부흥 운동을 자유무역연맹에서 하고 싶었나? 죽으려고 환장을 했군.”

리아넬 대령이 웃으면서 움직이자 모든 장교들이 황급히 그를 막았다.

“저희가 보유하고 있는 기간트는 겨우 25기에 불과합니다. 적의 전력이 저희보다 두 배나 되는데 요새에서 나가는 것은 바람직하지 못합니다.”

“그 정도 사실은 나도 알고 있다. 하지만 귀관들이 생각하지 못한 것이 있군. 중부연합왕국의 인간들은 현재 제국 놈들에게 학살당하고 있다. 특히 기간트들이 집중 단속 대상이라 보이는 족족 파괴되고 있지."

"그렇다고 알고 있습니다. 지금 중부연합왕국은 가히 인세의 지옥이라는, 결코 사람이 살 수 없다는 지나간 상인들의 말을 들어 본 적이 있습니다."

장교의 대답에 리아넬 대령이 미소를 지으며 다시 입을 열었다.

"그렇지. 그런 지옥에서 저들이 기체를 정비하면서 편안히 이곳까지 왔을까? 나는 그렇게 생각하지 않는다. 정말 죽을힘을 다해 도망쳐 왔겠지. 그리고 편안히 쉬기 위해 그 지친 몸을 이끌고 이 요새를 노리는 것이고. 이런 상황에서 수성전을 하는 것은 저들에게 쉴 시간을 주는 것이나 같다. 빠른 속도의 기습전을 통해 저들을 섬멸한다. 이의 있나?"

"없습니다!"

"모든 것은 공화로."

리아넬 대령의 선창에 모든 장교들이 왼쪽 가슴에 주먹을 대며 외쳤다.

"모든 것은 공화로!"

전투의 시작이었다.

50기의 리안느 왕국 기간트와 1기의 크로아 왕국 기간트는 현재 맹렬한 속도로 요새를 향해 진격하고 있었다.

—저들은 분명 저희를 요격하기 위해 요새에서 나올 것입니다. 우리가 지쳤을 것이라 생각하고 말입니다. 실제로 기사들은 많이 지치지 않았습니까?—

아르젠의 말은 일리가 있었다. 제국의 억압을 피해 이곳까지 빠른 속도로 왔으니 기간트를 조종하는 기사들이 매우 지쳤고, 제대로 쉬지 못해 아직 완전히 체력을 회복하지 못한 상황에서 다시 진격을 시작한 것이다.

—기사 된 이가 그 정도로 지쳤다면 단련이 덜 된 것이지. 설령 지쳤다 하더라도 형편없이 무너지는 것 역시 우리 왕국의 기사가 될 자격이 없다는 것을 뜻한다. 지치면 지친 대로 적을 베는 것이 기사 왕국의 기사라 할 수 있다.—

정말 가혹한 자격이었기 때문에 아르젠은 쓴웃음을 지었지만 걱정은 거둬들였다. 레기오스 공작이 저렇게 장담할 정도면 기습을 당해도 쉽게 지지 않을 것이다.

—합중국의 기간트들이 모습을 드러냈습니다.—

"과연 행동이 빠르군. 괜히 정예가 아니라는 것인가? 하지만 그 정도로 부족하지."

헤르매스 국왕이 싱긋 웃으며 적들을 바라보았다.

기사들이 지쳤다는 사실은 이미 알고 있었다. 초인인 그가 힘들다고 느낄 정도인데, 다른 기사들의 피로도는 정말 뭐라 표현하기 힘들 정도로 엄청날 것이다. 거기에 따른 피해를 줄이기 위해 그가 선두에 선 것이었다.

워낙 기간트들이 달리는 속도가 빨라 두 군대가 부딪히는 것은 그야말로 순식간이었다. 그리고 헤르매스 국왕은 대장이라 생각되는 이에게 금빛 오러 블레이드가 실린 강력한 검을 휘둘렀다.

—이상하군. 전의가 너무 높아. 절박함이 아닌 다른 기세가 느껴지는군.—

생각과는 전혀 다른 적들의 분위기에 리아넬 대령이 얼굴을 찌푸렸지만 이제 와서 군대를 물릴 수도 없는 노릇이었다.

그리고 적들과 마주친 순간, 그는 그야말로 일이 잘못 돌아간다는 것을 깨달았다. 그를 훨씬 초월하는, 흡사 루이딘 준장을 보는 것만 같은 기분.

'마스터라고?!'

금빛의 기간트에서 뿜어져 나오는 기세는 분명히 마스터의 것이었다. 금빛의 기간트와 거기에 새겨진 문장은 그도 아는 것이었다.

'헤르매스 국왕!'

그리고 그것이 그가 이은 마지막 사고였다. 금빛의 오러 블레이드가 기체와 함께 그의 몸을 베어 갈라 버렸다.

쾅!

3명의 마스터를 필두로 리안느 왕국의 잔여 세력은 그야말로 순식간에 25기의 기간트들을 베었다. 피해는 전무했고, 그들은 빠르게 요새를 장악하는 데에 성공했다.

300기의 기간트가 서 있는 크로아 왕국의 북동부 국경지대. 이제 모두 하나의 소식만이 도달하기를 간절히 기다리고 있었다.

"요새를 장악했다는 소식이 왔습니다."

멕시다 백작의 말에 자신의 기간트인 블러디 나이트의 어깨에서 카젠트가 검을 높게 들어 올렸다.

"진격의 시간이 돌아왔다, 나의 검들이여! 이번이 마지막, 최후의 전쟁이다! 그러니 앞으로 한 번만! 단 한 번만 더 달린 후 휴식이다!"

"저희는 오직 전하의 명을 받들 뿐입니다!"

모두 하나 되어 마치 약속이라도 한 것처럼 큰 소리로 대답했고, 자신들의 검을 뽑아 들어 자신만의 오러를 형성했다.

가지각색의 오러였지만 한데 조화가 되어 아름다운 광경을 만들었고 그 광경을 바라보며 카젠트는 웃었다.

"출발하자."

그 말을 끝으로 모든 이들이 자신의 기간트로 들어갔고, 모두 출발했다. 합중국의 수도에 깃발을 꽂는 날, 그들은 다시 돌아올 것이다.

(3)

렌달 시에 있는 루이딘 준장에게 리아넬 대령의 죽음과 요새 함락이라는 사건이 전해진 것은 요새가 함락된 지 12시간이 지난 뒤였다.

정기 연락 시간에도 연락이 되지 않아 긴급히 기간트

1기를 파견한 뒤에야 모든 사건에 대해 알 수 있었다.

"리안느 왕국이라고?"

"예, 준장님! 분명 요새에 걸린 깃발은 리안느 왕국의 문양이었습니다."

요새에 갔다 온 장교가 굳은 얼굴로 대답했다. 그러자 루이딘 준장의 얼굴이 굳었다.

아직까지 리안느 왕국의 잔여 세력이 남아 있을 것이라고는 생각지도 못했기 때문이다. 제국이 가진 거대한 힘을 보고도 전력을 투입하지 않고 세력을 보존할 줄은 그로서도 의외였다.

"헤르매스 국왕의 판단이 대단히 뛰어나군. 하긴 디스트로이어인가? 그 제국의 악마와 같은 병기하고 직접적으로 싸우는 것보다는 세력을 보존하는 것이 훨씬 합리적이지."

아주 우연히 구한 디스트로이어의 영상 자료는 마스터인 그가 봐도 섬뜩한 것이었다.

빠르게 디스트로이어의 자료를 구하고, 거기에 대응할 수 있는 방법을 생각해 준 합중국의 마도공학자들에게 그는 진심으로 감사하고 있었다. 그것이 아니었다면 중부연합왕국처럼 합중국도 순식간에 무너졌을 것이니 말이다.

"그래, 요새의 기간트 수는 대략 어느 정도 된다고?"

"워낙 방비가 철저해 너무 다가가기 힘들었기에 제대로 못 봐 잘 모르겠습니다만 40기 이상은 되는 것 같았습니다."

장교의 말에 루이딘 준장은 눈을 감고 생각했다. 지금 렌달 시에 있는 기간트의 숫자는 총 72기였다. 이 정도 전력이면 적을 상대하는 데에는 충분할 것이라고 루이딘 준장은 판단했다. 설령 적에게 소드 마스터가 한 명이 있더라도 뒤집기 힘든 전력이었다.

"맞대응하는 것이 좋겠는가? 아니면 수성을 하는 것이 좋겠는가?"

루이딘 준장이 참모들을 바라보며 묻자 한 사람이 손을 들었다. 라이언 릭스라는 이름을 가진, 계급이 대위인 청년이었다. 전술을 짜는 것이 능한데다 검술 역시 엑스퍼트 중급의 경지로 루이딘 준장이 유심히 살펴보고 있는 합중국의 인재 중 한 사람이었다.

"맞대응하는 것이 좋다고 생각합니다. 이 렌달 시의 성은 수성에 그리 적합하지 않습니다. 전에 용병들이 만들어 놓은 포대도 구식에 불과하지 않습니까? 적이 리안느 왕국의 잔여 세력이 확실하다면 이 정도 요새로는 제대로 수성을 하는 것은 불가능에 가깝습니다."

그 말에 참모들을 비롯한 모든 장교들이 고개를 끄덕였다.

용병왕으로서는 최선을 다해 방비를 굳힌 요새였겠지만, 굳이 루이딘 준장이 아니더라도 이 정도 요새는 다른 뛰어난 장교들도 충분히 함락시킬 수 있었다. 마스터라는 무지막지한 힘을 감당하기 힘들어서 굳이 그가 나선 것이었지만 말이다.

"합리적이라고 생각되는군. 훨씬 강력한 힘을 보유하고 있는 상태에서 굳이 위태로운 수성을 고집할 필요는 없다라, 모두들 동의하는가?"

루이딘 준장이 묻자 모두들 고개를 끄덕였다.

모두의 마음을 잘 알고 있는 루이딘 준장은 미소를 지었다. 모두 많은 전공을 쌓고 싶어 한다는 것을 누구보다 잘 알고 있는 사람이 바로 루이딘 준장이었다.

"그러면 요새로 나가 적을 맞상대하겠다."

루이딘 준장이 결단을 내렸고, 빠르게 시행되었다.

그날 밤, 렌달 시에서 합중국 군대가 빠져나왔다.

하지만 워낙 어두운 밤이라 그들은 3명의 기사와 1명의 마법사가 멀리서 그들을 지켜보고 있다는 것을 눈치채지 못했다.

"저들이 요새에서 빠져나왔다고 합니다. 앞으로 하루 정도면 저들과 조우할 것입니다."

레기오스 공작의 말에 헤르매스 국왕이 미소를 지었다.

"그럼 그대가 출발하는 것만이 남았군, 레기오스 공."

"그렇게 되는군요. 그럼 전하를 잘 부탁드립니다, 아르젠 후작. 물론 국왕 전하 혼자서도 충분하겠지만 전장에만 나서면 그 누구보다 먼저 앞서서 나가기 때문에 지켜보는 저희들의 입장으로서는 조마조마합니다. 아무리 마스터라 해도 눈먼 칼에는 어쩔 수 없다는 것을 그대 역시 알지 않습니까?"

레기오스 공작의 말에 헤르매스 국왕은 얼굴을 찌푸렸고, 아르젠은 미소를 지었다.

"저의 주군 역시 비슷한 성향이신지라 레기오스 공작님이 어떤 생각으로 국왕 전하를 바라보는지 알 것 같습니다. 그런데 괜찮겠습니까?"

아르젠의 걱정에 레기오스 공작은 미소를 지은 채 고개를 저었다.

"비어 있는 요새를 처리하는 것은 쉬운 일일세. 오히려 두 배 이상의 적을 상대하는 그대나 전하가 걱정이지. 그리고 나로서는 아직 모든 힘을 발휘하기 힘든 상황이니 그대가 남는 것이 타당하다네."

요새를 차지하고 세 사람은 다시 계획을 짰다.

렌달 시에 가 본 적이 있는 아르젠이었기 때문에 그곳에서는 수성이 별로 용이하지 않다는 것을 잘 알고 있었다. 나날이 발전하고 있는 기간트의 성능에 비해 그곳은 너무 낡았던 것이다.

그런 요새에서 적이 수성을 하지 않을 것이라고 판단한 아르젠은 적들이 요새에서 빠져나올 것이라 생각했고, 비어 있는 요새를 한 부대가 기습으로 점령할 것을 주장했다. 그리고 점령한 요새에서 다시 빠르게 달려 앞과 뒤에서 합중국 군대를 섬멸하자는 것이 요지였다.

시간이 촉박한 이 시점에서 꽤 이루어지기 힘든 작전이라 생각해 낸 아르젠도 포기한 계획이었는데 레기오스 공작이 좋은 계책이라면서 받아들인 것이다.

시간을 맞추는 일이 아주 중요했기 때문에 아르젠은 주

저했지만 레기오스 공작이 강하게 나오자 수긍했다.

"레기오스 공작을 믿게, 아르젠 후작. 그는 우리 리안느 왕국의 기사들 중에서도 전격전에 매우 능하다네. 같이 뛰는데도 그가 지휘하면 더 빠르다고 느껴질 정도이니 그를 한 번 믿게."

"전하께서도 그렇게 말씀하신다니 어쩔 수 없군요."

"전하가 루이딘 준장을 상대하게 될 것이니 그대의 역할이 아주 중요합니다, 아르젠 후작. 그대가 남은 군을 이끌고 합중국의 군대를 상대해야 하니 말입니다. 저 역시 그대를 믿겠습니다."

"믿어 주시지요."

손을 내밀며 말하는 레기오스 공작의 손을 붙잡으며 아르젠이 대답했다. 아르젠의 자신만만한 태도에 크게 웃은 레기오스 공작은 곧 자신의 기간트인 로열 블레이드에 올라탔다.

—그럼 모두에게 무운이 있기를!—

그 말을 끝으로 로열 블레이드를 선두로 16기의 기간트가 어둠 속으로 사라졌다. 자유무역연맹을 탈환하기 위한 계획은 계속 진행되고 있었다.

(4)

리안느 왕국의 군대가 충분한 휴식을 취하고 요새에서 나왔다. 이 요새 역시 수성에 그리 적합한 요새가 아니었기 때문에 내린 결정이었다.

그리고 합중국의 군대와 왕국의 군대가 만난 것은 정오가 훨씬 지나서였다.

모두들 약속이라도 한 듯 5km 정도의 거리를 두고 멈췄다.

그리고 루이딘 준장은 적을 보며 의아함을 감추지 못했다.

"40기는 넘는다고 들었는데 겨우 30기를 넘는 수인데? 잘못 파악한 건가?"

워낙 먼 거리에서 관측했으니 틀릴 수도 있지만 아무리 그래도 이상했다. 그렇다고 일부로 수를 줄였다고 보기에는 더욱 이상했다.

"저쪽에 마스터가 있다 할지라도 내가 나서면 그 이점은 사라진다. 자청해서 수를 줄이는 어이없는 짓을 할 수도 없는 노릇."

루이딘 준장뿐만 아니라 다른 참모들도 이 어이없는 상

황에 제대로 된 계책을 내밀지 못하고 있었다. 아니, 오히려 수가 줄어들었으니 더욱 정면 대결을 추구했다. 더 이상 선택의 여지는 없었다.

"무슨 생각이냐? 리안느 왕국?"

하지만 마스터만 느낄 수 있는 불길한 예감이 계속 그를 어지럽게 만들었다.

"머리가 좀 복잡할 겁니다, 저들도."

아르젠이 웃으면서 말하자 헤르매스 국왕도 웃었다.

"다 그대의 계책이 아닌가? 내 깃발을 숨겼고, 기간트 역시 보이지 않게 다른 기간트들로 벽을 세워 막아 뒀다. 저들로서는 마스터가 있다고 생각하는 것도 힘들 것이니, 왜 우리의 숫자가 줄어들었는지 의아해할 것이야."

"그런다고 달라지는 것은 없지요. 전하가 있는 한."

"내 얼굴에 금칠을 다 해 주는군."

헤르매스 국왕의 웃음이 더욱 진해졌다. 그러더니 곧 미소를 지으며 아르젠을 바라보았다.

"그대의 주군은 어떤 남자지? 내가 아는 것은 소문밖에 없다. 우리의 모든 이목은 항상 제국에 맞춰져 있었기 때문에 동부까지 신경 쓸 여력이 없었지."

"저의 주군은 전하와 비슷한 점이 많습니다. 그래서 비교를 하는 것도 힘들지요. 그래도 하나 차이가 있다면 그 분은 여리지만 그 부분을 어떻게든 잔인함으로 감추려고 하십니다."

아르젠의 말이 이해가 되지 않는 것인지 헤르매스 국왕의 얼굴에 의아한 표정이 떠올랐다.

"잔인함으로 감추려 한다니, 어떤 식으로?"

"그분의 경우는 빈민가에서 살다 오셨고, 저 같은 경우는 몰락한 귀족 가문의 후예입니다. 서로 밑바닥을 전전했기 때문에 밑의 사람들이 어떻게 사는지 잘 알고 있습니다. 그것을 위해 검을 들었고 수많은 이들을 베었습니다."

"그 말을 들은 적이 있는 것 같군. 하지만 자신의 치세에 거부하고 있는 이를 베는 것은 왕으로서 해야 하는 당연한 의무이다."

"맞는 말입니다. 실제로 그분은 자신의 형인 선왕을 직접 베었지요. 그분 역시 그것을 잘 알고 있지만, 죽음 자체를 싫어하시는 분입니다. 그렇기 때문에 자신의 부하들이 그 죄로 업을 쌓느니 자신이 모든 업을 대신 받아야겠다고 생각하며 끝없이 피를 자신의 손에 묻혔지요."

헤르매스 국왕은 그 말에 눈을 감았다.

완벽한 기사의 이상으로서 존재하는 그는 모든 사람을 포옹하기 위해 노력했지 그것을 베어 내려고 시도하지 않았다. 기사도의 화신이자 모든 백성들의 염원이 담겨 만들어진 이름이 바로 '기사왕' 이었다.

반면, 카젠트 국왕은 통일을 이룩하며 적대하는 모든 것을 죽였지만 반대로 훌륭한 정책으로 수많은 이들을 끌어안았다. 그 패도를 통해 받은 이름은 바로,

"정복왕이라는 것인가?"

"예. 모든 사람들을 대신해 업을 짊어지겠다고 생각하신 그분은 사람들의 마음까지 정복하려고 노력하십니다. 그런 주군이니 따르지 않을 수가 없지요."

아르젠이 환하게 미소 지으며 말하자 헤르매스 국왕은 고개를 끄덕였다.

"나와는 전혀 다른 왕도이지만 이해하지 못할 정도는 아니군. 어서 빨리 보고 싶은 심정이다."

"자유무역연맹을 탈환하면 보실 수 있을 것입니다. 그럼 내일의 전투를 위해 좀 쉬시지요."

“그대 역시 좀 쉬게나.”

그 말을 끝으로 두 사람은 헤어졌다.

그리고 시간은 너무나 빠르게 흘러 순식간에 다음 날이 오고 말았다.

눈을 감자마자 떠오른 것 같은 해를 보며 아르젠은 쓴 웃음을 지었다.

쿵! 쿵! 쿵!

72기의 타이렌 합중국 기간트와 34기의 리안느 왕국 기간트가 전장을 향해 다가온다.

그리고 루이딘 준장은 자신의 기간트에서 골든 이지스를 발견할 수 있었다.

“왕실의 피를 이어받은 이만 탈 수 있다는 골든 시리즈 계통의 기간트. 그렇다면 남은 사람은 단 한 사람이지. 아직 살아 있었던 것인가, 기사왕?”

루이딘 준장이 얼굴을 찌푸렸다. 그 역시 마스터의 경지에 오른 검사였기 때문에 자부심이 강했지만 상대는 그런 그보다도 강할지 모르는 마스터였다. 처음부터 그의 모든 역량을 끌어내야 상대할 수 있는 적.

“그대가 있다면 기간트의 수를 줄인 것도 이해가 되는

군. 나를 최대한 빨리 해치우고 남은 이들을 베겠다는 심산인 것이지. 그리고 사라진 기간트들은 렌달 시로 향한 것인가? 머리를 썼지만 나를 만만하게 본 것을 후회하게 만들어 주지, 기사왕이여."

루이딘 준장이 차분한 얼굴로 투기를 일으켰다.

"확실히 대단한 투기다. 하지만 나를 상대하기에는 부족해."

헤르매스 국왕이 자신만만한 미소를 지으며 루이딘 준장의 기간트를 바라보았다.

모르는 기간트였지만 기간트 주위로 피어오른 유형화된 투기는 그 라이더가 마스터라는 것을 증명해 주고 있었다.

"오래전부터 합중국에게는 정말 유감이 많았지."

사실 이 자유무역연맹의 영토는 근원을 따지고 보면 중부연합왕국의 것이었다. 합중국의 끊임없는 침략 야욕 때문에 중간 지대를 만들려고 이 땅을 자유무역연맹으로 전환시킨 것이다.

제국을 상대하는 것도 힘들었는데 합중국까지 상대할 힘이 없었기 때문에 내릴 수밖에 없는 결정이었다.

하지만 그 때문에 합중국에 유감이 매우 많은 것은 사실이었다. 그리고 오늘에서야 그 쌓인 원을 일부 풀 수 있게 된 것이 만족스러운 헤르매스 국왕이었다.

(5)

쿵! 쿵! 쿵!

총 100기가 넘는 기간트들이 움직이자 땅이 울리기 시작했다.

그리고 서로의 거리가 2km 정도 되었을 때, 양군은 멈춰 섰고 동시에 양군에서 1기의 기간트가 달려왔다.

타이렌 합중국 진영에서는 불꽃을 상징하는 루이딘 준장의 헬 플레임이었고, 리안느 왕국의 진영에서는 헤르매스 국왕의 골든 이지스가 걸어 나왔다. 그리고 어느 정도 거리에서 멈춘 다음, 기간트에서 빠져나왔다.

"처음 뵙겠습니다, 헤르매스 드 리안느 국왕 전하."

"그렇군. 이런 식으로 합중국이 자랑하는 5인의 별 중 한 사람을 만나게 될 줄은 몰랐군."

"이런 식으로 만남을 주선하신 것은 국왕 전하가 아니십니까?"

타국의 영토에 함부로 침입한 헤르매스 국왕의 행동을 비꼬는 루이딘 준장이었다. 하지만 헤르매스 국왕은 그런 루이딘 준장을 바라보며 미소를 지었다.

"뭐 그런 것도 있지만 역시 땅따먹기를 좋아하는 어린아이들보다는 내가 좀 더 나을 것이라고 여겨지는군."

헤르매스 국왕의 말에 루이딘 준장의 얼굴이 굳어졌다. 사실 먼저 군을 일으킨 것은 제국과 합중국 측이었으니 헤르매스 국왕의 말이 틀린 것도 아니었다.

"뭐 귀국의 뜻을 잘 알았습니다만, 오늘 이후로 중부연합왕국의 맥은 영원히 끊어질 것입니다."

대놓고 투기를 드러내고 말하는 루이딘 준장이었지만 헤르매스 국왕은 미소만을 지을 뿐이었고, 두 사람은 다시 자신의 기간트 조종석에 들어가 자신의 진영으로 돌아갔다.

그리고 진영으로 돌아간 순간, 약속이라 한 듯 동시에 외쳤다.

—모두 진군하라!—

—진격하라!—

두 사람의 외침이 스피커를 타고 울려 퍼졌다. 자유무

역연맹의 주인을 결정하는 최대의 결전이 드디어 벌어진 것이다.

콰콰콰쾅!

기간트들이 전속력으로 달리기 시작하더니 곧 가지각색의 마나탄이 허공을 뒤덮고 적 진영을 향해 쏟아졌다.

하지만 안티마나필드가 적용된 방패를 든 합중국의 기간트들에 마나탄이 닿자 순식간에 소멸하였다.

반면, 리안느 왕국의 기간트들에게는 그런 무구가 없었기 때문에 마나캐논으로 인한 피해가 클 법했지만 화려한 검 솜씨로 자신에게 다가오는 마나탄들을 모조리 막거나 베어 냈다.

기사의 질로만 따지면 대륙 최강이라 불리는 나라가 바로 리안느 왕국이었으니, 이는 오직 리안느 왕국의 기사들만이 펼칠 수 있는 방어였다.

양측 모두 마나캐논으로 인한 피해가 거의 없었고, 곧 한 지점에서 부딪혔다.

콰앙!

거대한 방패로 밀어붙이는 합중국의 기간트들에게 전혀 밀리지 않는 리안느 왕국이었다.

전선은 순식간에 고착화되었고, 그때부터 아르젠의 활약이 시작되었다.

크림슨 나이트의 검에 붉은 오러 블레이드가 형성되며 방패와 함께 적 기간트들을 베기 시작했다.

"하앗!"

압축된 마나를 본래대로 되돌리는 안티마나필드가 오러 블레이드의 밀도까지 낮추려고 하자 아르젠은 더욱 마나를 불어넣으며 기간트들을 베었다.

콰앙!

그렇게 두 기의 기간트를 베자 아르젠은 일이 생각보다 쉽지 않을 것이라고 느꼈다. 방패가 워낙 뛰어나 그로서도 베는 것이 매우 힘들었기 때문이다.

그렇다고 방패를 피해 적을 공격하는 것은 이런 난전에서는 거의 불가능하다고 할 수 있었다. 그 혼자라면 모르겠으나 지금의 그는 혼자가 아니었으니까 말이다.

그때, 전쟁을 멈추게 만드는 일이 일어났다.

콰콰쾅!

거대한 마나의 충격파가 그대로 전쟁을 멈추게 만든 것이다. 그 중심에는 불꽃의 기간트와 금빛의 기간트가 있었다.

"시작된 것인가! 모두 물러나라!"

마스터와 마스터의 대전에 끼어들며 생기는 충격파는 기간트라 해도 파괴할 수 있었다. 그렇기 때문에 마스터들끼리 싸울 때는 군을 물리는 것이 당연하다고 여겨지고 있었다.

양측의 군이 전장에서 물러날 동안 헬 플레임과 골든 이지스는 더욱 격렬하게 부딪혔다.

콰앙!

"크윽!"

루이딘 준장은 얼굴을 찌푸렸다.

이미 강할 것이라고 알고 있었으나 헤르매스 국왕은 그가 생각한 것 이상으로 강했다. 기간트의 오러 블레이드가 실린 검이 부딪힐 때마다 생기는 충격파는 그의 몸에도 작지만 끊임없이 충격을 주었다.

하지만 그는 전신의 모든 마나를 끌어 올리며 골든 이지스를 향해 검을 휘둘렀다.

골든 이지스의 가슴을 향해 날아간 검이었지만 골든 이지스는 여유롭게 검을 쳐올리며 헬 플레임의 검을 막아냈다.

콰앙!

끊임없이 거대한 충격파가 형성되고, 대지는 그 충격을 버티지 못해 서서히 균열이 가고 파이기 시작했다.

두 개의 붉은 오러 블레스트를 날리는 헬 플레임이었지만 이 공격도 골든 이지스에게는 통하지 않았다.

금빛의 오러 블레이드는 가볍게 붉은 오러 블레스트를 베어 땅으로 떨궜다. 그리고 이번에는 골든 이지스가 5m에 이르는 거대한 금빛의 오러 블레스트를 날렸다.

콰아앙!

모든 마나를 쥐어짜 내어 거대한 오러 블레스트를 방패로 막아 내는 헬 플레임이었지만, 다른 방패보다 훨씬 더 강력한 안티마나필드가 실린 방패가 그 충격을 다 받아들이지 못하고 완전히 파괴되었다.

파괴되면서 오러 블레스트의 궤도가 뒤틀어졌기 때문에 헬 플레임은 간신히 오러 블레스트에 직격당하지 않을 수가 있었다.

—생각보다 강하지 않군, 합중국이 자랑하는 5인의 별은.—

나지막하게 울려 퍼지는 헤르매스 국왕의 말에 듣던 루

이딘 준장의 얼굴이 일그러졌고, 분노하여 다시 골든 이지스를 향해 달려들었다.

(6)

죽음을 불사하고 달려드는 헬 플레임의 기세는 헤르매스 국왕으로서도 무시할 수가 없었다.

하지만 이런 식의 공격은 마나 소모가 크다는 것을 헤르매스 국왕은 잘 알고 있었다.

'자신보다 강한 자를 상대한 경험이 드물군.'

루이딘 준장이 지금 벌이고 있는 것은 전형적인 마스터들이 보이는 경향과 같았다.

마스터가 되기 전에는 천재였기 때문에 상대가 되는 자들이 없었다.

마스터가 되고 나서도 모든 마스터들의 경지가 거의 같았기 때문에 비슷했으면 했지 일방적으로 차이가 난 적은 없었다.

하지만 헤르매스 국왕의 경우는 조금 달랐다. 그는 젊었을 적 검의 신을 상대로 싸운 적이 있었고, 거기에서 살아남았다.

기사도의 화신이라 불리는 이가 기사왕이라면, 기사 중에서 가장 강한 기사는 바로 로드 나이트 알렉스 공작.

헤르매스 국왕은 그 알렉스 공작을 상대로 싸워 살아남았다. 거의 죽을 뻔했지만 그는 살아남았고, 그 경험이 그를 한 단계 더 높은 경지로 이끌어 주었다.

마스터라는 경지에 안주한 자에게 그 이상의 경지를 볼 자격이 없었다는 것이 헤르매스 국왕의 생각이었다.

—장난은 여기까지다, 루이딘 바리카여!—

콰앙!

골든 이지스가 거세게 검을 휘두르자 간신히 막은 헬플레임은 버티지 못하고 뒤로 밀려났다. 그리고 쇄도할 골든 이지스를 막기 위해 검을 들어 올렸는데 공격이 없자 골든 이지스를 바라보는 루이딘 준장이었다.

골든 이지스는 가만히 서 있었다. 하지만 그 검은 가만히 있지 않았다. 오러 블레이드가 믿을 수 없을 정도로 길어지기 시작했다.

거의 30m 가까이 길어진 오러 블레이드를 보고 루이딘 준장은 믿을 수 없다는 눈으로 바라보았다.

그가 펼칠 수 있는 최대의 오러 블레이드 길이가 5m에 불과했는데 헤르매스 국왕의 6배에 달하는 길이의 오러 블레이드를 선보이는 것이다.

하지만 변화는 거기서 끝이 아니었다. 서서히 금빛의 오러 블레이드가 흔적도 없이 사라지기 시작한 것이다. 보고 있음에도 도저히 믿을 수 없는 현상.

'마나가 다 떨어진 것인가?'

루이딘 준장이 생각하기에 이것이 가장 합리적이었다. 방금 그런 수준의 오러 블레이드를 뽑아내었으니 마나를 모두 소모하는 것도 당연했다.

이것을 마지막 기회라고 생각한 루이딘 준장은 남은 마나를 모두 끌어모았다.

최대의 오러 블레이드를 만든 루이딘 준장의 마음과 하나가 된 헬 플레임이 골든 이지스를 향해 몸을 날렸다. 골든 이지스는 여전히 움직이지 않고 있었다.

'이겼다!'

그렇게 루이딘 준장은 승리를 직감했다.

헬 플레임의 검이 골든 이지스의 머리에 닿을 찰나, 골든 이지스가 검을 들어 올려 막아 냈다. 하지만 이상하게 단순히 검으로 막아 냈음에도 붉은 오러 블레이드는 마치 떠 있는 것과 같은 모습을 보였다.

"무형의 오러 블레이드라고?"

루이딘 준장이 경악하며 검을 밀어 넣었지만 검은 마치 허공에 달라붙은 듯 전혀 움직이지 않았다. 오히려 골든 이지스가 천천히 밀자 형편없이 뒤로 밀려나는 헬 플레임이었다.

콰앙!

검이 순식간에 폭발하며 파편들이 사방으로 퍼져 나간다.

그리고 헬 플레임은 꼴사납게 몸을 굴렀다. 그런 헬 플레임을 향해 도약한 골든 이지스가 그대로 헬 플레임의 흉갑을 걷어찼다.

"커헉!"

전신이 부서지는 것만 같은 충격과 함께 루이딘 준장은 피를 토했다. 그러나 그 투지만은 줄지 않았는지 다시 일어나 반쪽이 된 검에 오러 블레이드를 형성했다.

—그 기세는 인정해 주지, 합중국의 별이여.—

몸을 돌리면서 검을 내리긋는 골든 이지스는 헬 플레임의 붉은 오러 블레이드를 그대로 베었고, 헬 플레임의 오른팔을 잘랐다.

그리고 검을 거둬들이고 다시 흉갑을 향해 검을 내질

렸고, 흉갑은 종이가 송곳에 뚫리는 것처럼 쉽게 뚫렸다.

검은 기간트뿐만 아니라 루이딘 준장마저 꿰뚫었고, 그 거대한 힘을 버티지 못한 루이딘 준장은 그대로 타 버려 온전한 시신을 남기지 못했다.

—전군! 돌격하라!—

골든 이지스의 검이 헬 플레임을 꿰뚫는 순간 아르젠이 크게 외쳤고, 사기가 고양된 리안느 왕국의 기사들이 합중국 기사들에게 달려들었다.

크림슨 나이트가 선두에 서서 몸이 무거워진 합중국의 기간트들을 무차별적으로 베었다.

붉은 오러 블레이드가 휘둘러질 때마다 기간트의 팔과 다리, 가슴, 방패가 순식간에 잘려 나갔다.

하지만 여전히 수적으로 유리해 합중국의 군세는 쉽게 밀리지 않았다. 차근차근 아르젠의 움직임을 막아 가며 어떻게든 밀리지 않으려고 버텼던 것이다.

"끈질기다!"

아르젠이 얼굴을 찌푸리며 자신을 향해 달라붙는 5기의 기간트들을 향해 검을 휘둘렀다.

콰앙!

기간트 1기를 베었지만 저들은 결코 물러나지 않았다.

골든 이지스 역시 전투에 가담했지만 익숙지 않았던 기예를 보인 탓에 방금 전의 날카로움이 많이 사라져 있었다.

아직까지는 서로 큰 피해가 없었지만 이대로 전선이 고착되면 방어가 강한 합중국의 세력이 유리할 것이 뻔했다.

그것을 알기 때문에 아르젠은 최선을 다해 검을 휘둘렀지만, 자신을 향해 끈질기게 달라붙는 기간트의 라이더들은 보통이 아니었다.

이래서 난전이 괴롭다는 말이 나오는 것이다.

하지만 그때, 그런 합중국 군의 뒤에서 대략 20기가 좀 안 되는 기간트들이 달려들었다.

레기오스 공작의 로열 블레이드가 금빛 오러 블레이드를 형성하며 뒤에서 공격을 하자 우왕좌왕한 합중국 군대는 더 이상 버티지 못하고 무너지기 시작했다.

그리고 한 시간 정도가 지났을 때, 서 있는 합중국의 기간트는 단 한 기도 없는 반면 리안느 왕국의 기간트는 불과 10기만을 상실했을 뿐이었다.

그야말로 압도적인 승리였다.

이 전투가 리안느 왕국의 승리로 끝나면서 합중국의 군대는 자유무역연맹을 장악할 힘을 완전히 잃어버리고 말았다.

워낙 분산 배치되어 있기 때문에 모으는 것도 힘들었고, 이 세력을 모을 역량을 가진 장교들도 없었다.

그리고 이 전투가 끝난 뒤, 승리의 소식이 크로아 왕국에게 전해졌다.

"잘되었군. 이제 자유무역연맹을 탈환한다."

카젠트의 말과 동시에 300기에 이르는 크로아 왕국의 기간트 부대가 움직였다.

동서남북 4개의 군단과 3개의 기사단이 움직이자 분산 배치되어 있던 합중국의 기간트들이나 구식의 자유무역연맹의 기간트들은 형편없이 쓰러졌다.

그야말로 압도적인 군세를 이끌고 오는 크로아 왕국의 군대에 상인 연합은 바로 항복을 했다.

그러자 카젠트는 가진 부의 절반을 내놓지 않으면 모조

리 불태우겠다고 협박해, 그들은 막대한 부를 카젠트에게 주지 않을 수가 없었다.

이대 마탑의 경우는 철저히 항전을 주장했다. 본래 삼대 마탑이었던 현 크로아 왕실 마탑을 적대시했기 때문이다.

그러자 카젠트는 단호히 진압할 것을 명했고, 세우스가 앞장서서 이대 마탑의 기간트들을 베었고, 이대 마탑은 두 시간도 버티지 못하고 모든 것을 잃었다.

살아남은 수뇌부들은 모조리 목이 잘려 나갔고, 다른 마법사들 역시 모조리 포로가 되어 크로아 왕국으로 압송되었다. 마법 전력이 합중국이나 제국에게 아직은 부족한 크로아 왕국이었기 때문에 어쩔 수 없는 조치이기도 했다.

단 3일 만에 자유무역연맹을 탈환하고 완전 장악하는데 성공한 크로아 왕국의 군대는 마침내 리안느 왕국의 잔여 세력과 마주했다.

저벅저벅.

서로 묘한 미소를 지으면서 다가가는 카젠트와 헤르매스.

두 사람의 중심으로 거대한 마나 폭풍이 불기 시작했

다. 마스터라 할지라도 버티기 힘들 정도의 엄청난 힘. 하지만 두 사람은 그 엄청난 힘 속에서도 고요히 자리에 서 있었다.

하지만 그것도 잠시 서로를 인정한 두 사람은 바로 기세를 거둬들이고 손을 잡았다. 진정으로 동맹이 맺어진 순간이었다.

40장

중부 대륙 공략

(1)

이제는 합중국의 수상이 된 라스드 피에타는 자유무역연맹에서 들려온 소식에 분노해 주변의 모든 것들을 집어던졌다.

"자유무역연맹을 빼앗겼다고? 그리고 루이딘 바리카 준장은 전사? 지금 농담하는 것이냐!"

제국 다음으로 최강국임을 자랑하는 합중국의 군대가 졌다는 것이 믿기지 않는 것인지 그의 얼굴은 분노로 일그러져 있었다.

보고하는 국방부 장관의 얼굴 역시 좋지만은 않았다.

완벽하게 차지했다는 보고를 받은 지 채 보름이 지나지 않았는데 순식간에 다시 빼앗겨 버렸으니 뭐라 할 말이 없는 것이 당연했다.

그리고 5인의 별 중 한 사람인 루이딘 바리카 준장의 죽음은 그로서도 더 이상 뭐라 표현할 수가 없었다.

현재 남은 4인의 별 중 2명은 모두 서북부 전선으로 가서 제국의 군대와 싸우고 있었다. 한 명의 마스터라도 더 필요한 이 시점에서 루이딘 바리카 준장의 전사는 결코 달가운 소식이 아니었다.

"안 그래도 본국이 위태로운 상황입니다. 저 제국의 미친 황제 놈이 쳐들어왔습니다. 본국이 아직 저력이 있다고는 하지만 저들은 수도에도 50기 이상의 기간트가 있고, 중부연합왕국에는 150기에 가까운 기간트가 있습니다."

라스드 피에타 수상의 말에 국방부 장관의 얼굴이 사정없이 일그러졌다. 하지만 그것이 당면한 현실이었기 때문에 뭐라 말을 할 수 없는 것도 사실이었다.

"그렇다고 마스터의 전력이 우세한 것도 아닙니다. 다른 6명이야 4명으로 억지로 막는다고는 해도 로드 나이트, 그 검의 악마가 나서면 저희는 버티지 못할 것입니다!"

군을 운용하는 능력은 없다시피 한 라스드 피에타 수상이었지만 같은 세대라 불리는 로드 나이트의 위력에 대해서는 그 역시 잘 알고 있었다.

지금으로부터 30년 전에 합중국과 제국 간의 전투에서 무려 두 명의 마스터를 홀로 베어 버린 검의 악마.

그 당시에 우는 아이들도 로드 나이트의 이름을 들으면 그대로 울음을 그쳤다고 할 정도였다.

"그는 이미 은퇴하지 않았습니까? 그리고 그는 황제도 감히 함부로 하지 못하는 존재. 그가 원하지 않는 이상 전쟁에 나서지는 않을 것입니다."

국방부 장관이 식은땀을 흘리면서 그렇게 말을 하자 라스드 수상은 일단 수긍한 듯 고개를 끄덕였다.

하긴 기사로서 그 정도 경지에 오르게 되면 여타 인간의 세속적인 삶에 대해서는 관심이 줄어든다는 것은 그 역시 알고 있었다.

대부분의 마스터들이 검에만 매진한 채 세속적인 삶과는 거리를 두려고 하는 것이 일반적이었다. 그런 마스터들을 어떻게든 국가에 매어 두는 것이 정부가 중요하게 생각하는 일 중 하나였다.

"수상 각하, 자유무역연맹은 잃어 봤자 언제든지 탈환

할 수 있습니다. 그보다 더 중요한 것은 제국입니다. 수상 각하께서 언급하신 바와 같이 본국의 전력은 현재 제국에 비해 열세입니다."

"그것은 본인도 잘 알고 있습니다. 장관은 무엇을 말하고 싶은 겁니까?"

"금십자 기사단의 파견을 요청합니다. 더불어 마스터 엘레산 요르테 공의 파견도 부탁드립니다."

국방부 장관의 말에 라스드 수상의 얼굴이 일그러졌다.

"제국 측은 아직 황실근위기사단을 파견하지 않았는데 벌써부터 저희가 금십자 기사단을 파견하자는 것입니까?"

"그렇기 때문에 금십자 기사단을 파견하자는 것입니다, 수상 각하. 저들이 아직 본 전력을 투입하지 않을 때, 저들을 전장이 된 본국에서 밀어내야 합니다. 중부연합왕국에 있는 세력에다 저들의 수도에 있는 근위기사단까지 투입되면 본국은 버틸 수 없습니다."

국방부 장관의 말은 일리가 있는 것이었다. 자유무역연맹에 진출한 세력을 상실함으로써 그들은 전력의 1/3을 잃었고, 반면 제국은 아직도 엄청난 수의 기간트를 보유하고 있었다.

"어쩔 수가 없군요. 장관의 말을 따르겠습니다. 마스터 엘레산 요르테에게는 제가 말하겠습니다."

"감사합니다, 수상 각하."

그 말을 끝으로 국방부 장관은 수상의 집무실을 나갔다.

"제국과의 전쟁을 주장하던 것은 나였지만 정말 말도 안 될 정도로 강하군, 제국이라는 나라는."

한숨을 내쉬는 라스드 피에타 수상이었다.

한편, 자유무역연맹 렌달 시.

리안느 왕국의 헤르매스 국왕과 레기오스 드 파르테온 공작, 그리고 크로아 왕국의 카젠트 국왕과 아르젠 드 토렌 후작, 세우스 드 프리오 후작이 대동했다. 각국의 마스터만이 참석한 회의.

먼저 입을 연 것은 레기오스 공작이었다.

"크로아 왕국에 마스터가 더 있을 줄은 정말 몰랐습니다. 아르젠 후작의 기도도 나에게 밀리지 않는데 세우스 후작은 나보다도 더 강할 것 같습니다."

"과찬의 말씀입니다, 레기오스 공작님의 위업은 잘 알고 있습니다."

세우스가 레기오스의 칭찬이 싫지는 않은지 웃으면서

고개를 저었다.

하지만 헤르매스 국왕 역시 세우스의 기도를 인정하고 있었다. 그렇지만 그보다 더 중요한 것이 있기 때문에 헤르매스 국왕은 카젠트를 바라보았다.

"그대의 뜻대로 자유무역연맹을 탈환했다. 내가 전해 듣기론 합중국으로 진격한다고 들었다."

"본래는 그럴 생각이었지만 그 계획은 없던 것으로 하기로 했다. 지금 합중국을 치면 분명 우리가 승리하겠지만 별로 좋은 선택은 아니다. 저들이 제국과 열심히 치고받고 있을 때, 우리는 중부연합왕국의 세력을 탈환할 것이다."

나이는 헤르매스 국왕이 더 많았지만 왕과 왕의 관계에서 굳이 자신을 낮출 필요가 없다고 생각한 카젠트였고, 헤르매스 국왕 역시 이에 거부감을 느끼지 않았다.

"중부연합왕국을? 제국과 싸우겠다는 것인가?"

"어차피 황제의 목적은 대륙통일이다. 언제 될지 모르지만 싸움은 이미 결정되어 있는 것과 다름이 없지. 앉아서 당하느니 먼저 선수를 친다. 그리고 중부연합왕국의 제국 군대가 남으로 남하하여 합중국을 다른 방향에서 치게 되면 합중국은 멸망할 수밖에 없고, 그 상황은 우리에게도 좋지 못하다."

제국과 합중국은 계속 소모전을 벌여 주는 것이 좋았다. 어느 한쪽에 일방적으로 추가 기울어진다면 크로아 왕국군에게 한없이 불리했다. 그 정도로 양국의 세력은 위험했다.

"지금 중부 대륙에 있는 제국의 군대는 동부 군단과 남부 군단. 마스터는 총 두 명이지. 기간트의 숫자는 대략 350기. 우리와 거의 동등한 수준의 전력이지만 우리에는 마스터가 무려 5명이나 있다."

카젠트의 말에 헤르매스 국왕은 고개를 끄덕이며 입을 열었다.

"마스터를 앞세워서 최대한 피해를 줘야 한다는 계획이겠군. 제국과 달리 본국이나 귀국의 기간트 생산력은 그렇게 우수하지 못하니까. 최대한의 전력을 보존하기 위해 단숨에 저들을 깨부수고 중부연합왕국을 세우겠다는 것인가?"

헤르매스 국왕의 말에 카젠트가 동의했다. 생산력이 밀리니 최대한 전력을 보존한 채 싸워서 이겨야 했고, 그러기 위해서는 마스터들의 분전이 필요했다.

"그리고 중부연합왕국을 세울 수는 없다. 이미 다른 두 나라의 왕족들은 사실상 그 피가 완전히 끊겼더군. 결혼하지 않은 그대와 달리 말이야."

카젠트의 말에 헤르매스 국왕의 얼굴이 살짝 붉어졌다가 다시 굳어졌다.

동생인 칼리온 대공과 함께 타도 로드 나이트를 외치면서 검에 매진하느라 두 형제는 모두 결혼을 하지 않았다. 어차피 마스터로서 젊음도 지속되기 때문에 약간 배짱을 부린 것도 있었다.

거기다 신하들부터가 검에 미쳤기 때문에 결혼을 하지 않는다고 뭐라 하는 자들이 없어 이 경향이 가속화되었다. 그 바람에 백성들을 남기고 도망쳤다는 죄책감은 있지만 가족을 버렸다는 죄책감은 없었다.

하지만 다른 두 왕국의 왕족들은 사실상 그 피가 완전히 끊겼기 때문에 왕국을 세우고 싶어도 구심점이 없어 세울 수가 없었다.

"완전히 끊긴 것인가?"

"완전히. 많은 요원들을 파견했지만 찾을 수가 없었다. 아니, 애초에 보이는 인간들을 족족 죽이고 있으니 다른 귀족들도 보기 힘들더군."

"그럴 수가……."

레기오스 공작이 한 손으로 자신의 얼굴을 감쌌다.

"나는 절대 지고 싶지 않다. 중부 대륙을 탈환하면 우리는 곧바로 제국으로 돌격한다. 제국 자체에는 이제 기간트가 50기 정도밖에 안 되니까."

그 말에 레기오스 공작과 헤르매스 국왕이 경악했다. 그 어떤 이들도 실현하지 못한 제국으로의 진격을 지금 카젠트가 언급한 것이다.

"물론 우리가 큰 피해를 입지 않을 때 가능한 계획이다. 너무 큰 피해를 입으면 진격을 해도 의미가 없으니까."

"그대의 계획이 진행되려면 합중국이 제국의 군대를 오래 붙잡고 있어야 한다. 합중국이 그럴 능력이 있을까? 제국의 마스터는 그 수만 7명. 그중 한 명은 인간의 경지가 아니고 세속에 관심이 없으니 그렇다 쳐도 6명이 남는다."

헤르매스 국왕의 말에 카젠트가 피식 웃었다.

"그중 2명은 중부 대륙에 있지. 그대는 그들을 살려 둘 생각인가?"

그 말에 헤르매스 국왕 역시 웃었다. 하지만 그 미소는 매우 살기가 짙었다.

개인적으로는 동생을 죽였고, 그 외에도 수많은 백성들을 학살한 이들을 살려 둘 생각이 있을 리가 만무했다.

"로드 나이트가 합중국에 파견되지 않는 이상 합중국은 제국을 상대로 결코 밀리지 않을 것이다. 그것만은 장담할 수 있다."

"그렇군. 이해가 되었다. 그럼 이제 다른 어떻게 진격할지를 결정해야겠군."

(2)

현재 중부 대륙에 진출한 제국군의 두 군단이 나뉘어 활동하고 있었다.

하지만 카젠트는 군대를 두 개로 나누는 것이 약간 껄끄러웠다. 하나는 자신이 지휘한다 해도 다른 하나를 지휘할 사람을 결정하는 것이 매우 어렵기 때문이다.

헤르매스 국왕을 두고 다른 이에게 지휘하라고 할 수도 없는 노릇이었고, 그렇다고 헤르매스 국왕에게 자국의 군대를 맡기는 것도 웃긴 노릇이었다.

그 마음을 안 것일까?

"당분간 그대의 군대에 들어가도록 하지. 내 부대의 지휘권도 그대에게 넘기겠다, 카젠트 왕이여.”

그 말에 레기오스 공작은 당연하다는 듯이 고개를 끄덕였고, 오히려 크로아 왕국 측의 세 사람이 너무 당연하게 말하는 태도에 놀랐다.

“기사 된 이로서 맹우를 못 믿는 것도 한심한 노릇. 나는 그대를 믿겠다.”

자연스럽게 말하는 헤르매스 국왕을 보고 카젠트가 쓴웃음을 지었다.

“오히려 내가 부끄러워지는군. 그렇다면 세우스 후작의 특무대와 동부 군단과 남부 군단을 따르도록. 나는 서부 군단과 북부 군단, 두 개의 기사단을 이끌고 진격하겠다. 우리 왕국에서는 최강의 검이라 불리는 세우스 후작이다. 세우스 후작이라면 그대 역시 만족할 것이다.”

“그렇게 하도록 하지.”

크로아 왕국 측에서는 이미 합의된 내용이었지만 리안느 왕국의 두 사람은 묘한 눈빛으로 세우스를 바라보았다. 꽤 많은 마스터를 봐 왔지만 이처럼 한 자루의 검을 연상하게 만드는 마스터를 보는 것은 그들도 처음이었다.

“거기다 세우스 경은 내 두 번째 검술 스승. 내가 이 자리까지 오는 데에 많은 영향을 준 기사다.”

마스터를 초월한 마스터인 카젠트에게 막대한 영향을 줄 정도의 기사라면 더 이상 의심할 여지가 없었다. 그때 헤르매스 국왕이 호기심 어린 표정을 지으며 카젠트를 바라보았다.

"두 번째라 말하니 첫 번째 스승이 정말 궁금해지는군. 실례가 아니라면 어떤 분에게 사사받았는지 물어볼 수 있을까?"

"제이칼 폰 크리에.. 그분이 바로 나의 첫 번째 검술 스승이시다."

그 이름에 헤르매스 국왕과 레기오스 대공의 얼굴에 경악이 떠오른다. 그들의 세대 이전에 활약했던 리안느 최강의 기사. 공주와 혼인하여 왕족만이 쓸 수 있는 미들네임 폰을 하사받은 그 기사가 카젠트의 스승일 줄이야.

"그분이 너의 스승이었나. 로드 나이트에 패배한 이후 잠적을 감추신 것으로 알고 있는데 그쪽으로 갔을 줄은 몰랐군."

두 사람이 제이칼을 알고 있다는 말에 의아해진 카젠트였으나 스승이 리안느 왕국 출신임을 상기하자 고개를 끄덕였다. 저 두 사람이라면 스승님과 연이 있을 만했다.

"그대가 리안느 왕국과 관계가 전혀 없는 것도 아니니

더욱 우리의 지휘권을 그대에게 양도해도 되겠군. 미련은 완전히 사라졌다. 그대들의 뜻을 따르도록 하지."

"그 선택, 후회하지 않게 만들어 주겠다."

헤르매스 국왕과 카젠트가 모두 환하게 미소를 지으며 말했다.

그렇게 제1군단과 제2군단이 나눠졌다.

제1군단은 크로아 왕국의 서부 군단과 북부 군단, 근위기사단, 수도기사단으로 구성되어 있었고, 그 수는 총 205기. 총사령관은 카젠트 폰 크로아 국왕이었다.

제2군단은 남부 군단과 동부 군단, 특무기사단, 그리고 리안느 왕국의 기간트로 이루어져 있었고, 그 수는 총 221기였으며 총사령관은 세우스 드 프리오 후작이었다. 제2군단의 리안느 왕국 세력은 헤르매스 국왕과 레기오스 대공의 기간트까지 포함해 총 39기였다.

그리고 각 군단은 비밀 병기라 불리는 정체불명의 것을 10기씩 보유하고 있었다.

그렇게 철저히 준비를 갖춘 다음, 중부 대륙을 향해 진격을 개시했다.

제1군단은 제국의 남부 군단이 자리 잡고 있는 전 마법

왕국 알사스로 향했고, 제2군단은 동부 군단이 자리 잡고 있는 공학의 왕국 코렌트로 향했다.

한편, 제국의 수도에 조용히 앉아 있던 카이젤 황제가 황궁에서 나와 어디를 향해 홀로 걸어가고 있었다. 평소의 거만하고 광기 어린 태도와 달리 그는 무표정한 얼굴로 수도 뒤편에 위치하고 있는 산으로 걸어갔다.

현재 이 산은 황제의 명령으로 출입이 금지되어 있었다. 들어갈 수 있는 사람은 오직 황제 외에 단 한 사람뿐이다.

로드 나이트 알폰스 드 클라인이 바로 이 산에서 은거를 하고 있었기 때문이다.

대륙에서 가장 강한 검의 신의 수련을 방해하지 않기 위해 카이젤 황제가 직접 출입을 금지할 정도였다.

하지만 카이젤 황제는 지금 이곳에 서 있었다. 산에 들어가고도 어느 정도 들어오자, 카이젤 황제는 자신의 모든 힘을 개방하기 시작했다,

쿠오오.

패왕의 기세와 마스터를 초월한 마스터의 힘이 합쳐져 산 전체를 뒤덮듯 격렬하게 퍼져 나갔다. 모든 만물을 공

포에 떨게 만드는 광포한 기세에 작은 생명체들이 죽어 나가고 식물들이 시들기 시작했다.

산 전체를 죽음으로 가득 차게 만들고 있는 카이젤 황제는 팔짱을 낀 채 어느 한 곳을 응시하고 있었다. 그런 그의 태도는 누군가를 기다리고 있는 것 같았다.

그렇게 서서 어느 정도의 시간이 흘렀을 때, 카이젤 황제는 자신의 기세가 서서히 밀리면서 사라지고 있다는 것을 감지했다.

쿠오오오오!

압도적인 기세가 카이젤 황제의 힘을 몰아내고 죽음의 산을 원래대로 되돌렸다.

이미 카이젤 황제의 주변은 모든 것이 사라진 폐허나 다름없었지만 그 정도만 되도 주변의 다른 생명체들에게는 다행이었을 것이다.

그리고 카이젤 황제는 볼 수 있었다. 그와는 다른 종류의 엄청난 기세를 가지고 있는 존재를 말이다.

그 힘을 가지고 있는 사람은 한 명의 노인이었다. 은빛을 연상하게 만드는 백발과 가슴까지 닿는 하얀 수염을 가진 노인.

노인은 무심한 눈동자로 카이젤을 바라보고 있었다.

"오랜만입니다, 스승님. 오실 줄 알았기에 먼저 와서 기다리고 있었답니다."

카이젤 황제는 미소를 지으며 고개를 숙였다.

만인 위에 존재하는 황제였지만 눈앞의 상대는 그런 황제의 권위마저 능가하는 검의 신이었다. 대륙의 모든 이들이 알고 있으며 모든 기사들이 선망하는 대상이며 동시에 꺾기를 원하는 인물.

이미 세속을 초월한 인간에게 황제의 권위는 의미 없었다.

그렇기에 카이젤 황제가 보인 것은 제자로서의 예였다. 하지만 분명 오랜만에 만나는 제자이지만 그를 바라보는 로드 나이트의 눈동자는 매우 싸늘했다.

—더 이상 찾지 말라고 했던 나의 말을 벌써 잊은 것이냐? 네놈이 벌인 전쟁 따위에 나를 끌어들이지 말라고 했을 터.—

마나를 통해 울려 퍼지는 거대한 목소리였지만 이를 듣는 카이젤 황제는 여전히 묘한 미소를 짓고 있을 뿐 아무런 대답도 하지 않았다.

—확실히 네놈에게는 엄청난 재능이 있었고, 묘한 힘도 있었지만 피만을 원하는 네놈에게는 과분한 힘이라고 말

했다. 그리고 절대로 그 미친 전쟁을 일으키지 말라고 교훈을 내렸다. 벌써 그 교훈을 잊은 것이냐?—

그 말에 미소를 짓고 있던 카이젤 황제의 얼굴이 살짝 일그러졌다. 아직도 잊을 수 없는 기억을 떠올리며 카이젤 황제의 얼굴에 분노가 떠올랐다.

대외적으로 그는 선황을 기린다는 명목으로 3년 동안 군을 움직이지 않고 내정에만 힘을 썼다고 알려져 있었다.

하지만 그것은 대외적인 사실.

본래 그런 사소한 관습 따위에 연연하지 않은 것이 바로 카이젤 황제였고, 실제로 그는 황제가 된 순간 군을 일으키려고 했다. 그런 그에게 제재를 가한 것이 바로 그의 스승인 로드 나이트.

그 어떤 마스터보다 강한 힘을 가지고 있다고 자부하던 카이젤 황제였으나 로드 나이트의 힘 앞에서는 무력했고, 그 대가로 그의 가슴에는 지워지지 않는 흉터가 생겼다.

"아, 분명 스승님은 그렇게 말씀하셨습니다만, 대륙일통을 염원하는 저에게는 무의미한 발언입니다. 애초에 전쟁을 막고 싶으셨다면 저를 죽여야 했다는 것을 스승님도 잘 알고 계시지 않습니까?"

카이젤 황제가 분노를 지우고 다시 미소를 지으며 알폰

스 드 클라인을 바라보았다.

그런 그를 바라보며 알폰스 드 클라인은 한탄하였다. 본래부터 그런 성향이 짙다는 것을 알고 있었으나 가르쳐 주는 것을 모두 소화할 뿐만 아니라 스스로 깨닫는 제자를 자랑스럽게 여기고 베풀 수 있는 모든 것을 베풀었다.

하지만 어느 순간, 그 괴물 같은 재능을 뛰어넘는 광기를 가지고 있다는 것을 깨달은 뒤, 가르치는 것을 포기하고 견제를 하기 시작했다.

죽이려고도 생각했지만 스스로 선황을 죽이고 동생을 타국으로 쫓아낸 카이젤 황제를 죽였다가는 제국이 완전히 무너질 수 있었기 때문에 죽이지 못했다.

지금 이 순간, 로드 나이트 알폰스 드 클라인은 황제를 죽이지 않았다는 것을 진정 후회했다.

루시아를 여황으로 내세우는 한이 있더라도 카이젤 황제를 죽였어야 했다. 중부 연합 왕국을 지옥의 땅으로 만들고, 그것으로도 모자라 합중국과의 전쟁을 일으킨 존재.

그야말로 대륙을 피로 물들게 하는 마왕이나 다름없었다.

그런 이를 살려 두다니, 자신의 어리석음을 탓하는 알폰스였다. 자신의 제자가 절대 정상적으로 되돌아올 수 없다는 것을 알면서도 헛된 희망에 기댄 그는 오늘에서야 완벽하게 깨달았다.

—너는 죽어야 한다. 그것이 모두를 위한 길이다.—

로드 나이트는 모든 것을 끝내기 위해 검을 뽑았다.

이미 모든 세속적인 것을 초탈한 그에게 제국 역시 더 이상 의미는 없었다. 그가 보는 것은 더 거대한 뜻이었다. 그가 품은 것이 대의라는 것을 그는 믿어 의심치 않았다.

카이젤 황제도 웃으면서 검을 뽑았다.

(3)

"이미 세속을 초탈하신 스승님께서 저를 이길 수 있을까요? 저는 그렇게 생각하지 않습니다만."

카이젤 황제가 차갑게 미소 지으며 말하자, 어이없는 눈으로 그런 황제를 바라보는 알폰스 드 클라인. 어이없음을 능가해 그의 눈동자에 떠오른 감정은 바로 가소로움이었다.

그의 제자 역시 마스터를 초월한 마스터라는 것은 이미 알았지만 그가 그 경지를 깨달은 것은 벌써 20년도 더 전의 이야기였다.

—그 정도 경지에 만족한 네놈의 한계에 절망을 안고 사라져라.—

로드 나이트의 검이 휘둘러진다. 이미 더 이상 검이 필요 없을 정도의 경지에 오른 그가 검을 휘두르자 공간이 일그러지는 것 같았다.

무형의 오러 블레이드가 압축되고 또 압축되더니 검이 휘둘러지면서 폭발한다. 그것은 말 그대로 한 공간에 있는 모든 것을 멸하는 검.

이 한 수로 로드 나이트는 자신이 포기한 제자가 죽을 것이라고 믿어 의심치 않았다. 이것이 그가 은거하면서 깨달은 궁극의 검이었다.

그러나 카이젤 황제는 미소를 지은 채 검을 휘둘렀다. 핏빛과 같은 붉은 기운과 무형의 오러가 합쳐진 불투명한 기운이 검을 휘감으면서 폭사했다.

두 거대한 힘이 부딪히자 들리지 않는 거대한 폭발이 울린다. 소리가 없는 것이 아니라 너무 커서 인간이 들을 수 있는 소리를 초과해 버린 것이다.

하지만 그 소리 때문에 수십 km 밖에 있는 민감한 생물들은 그대로 폭발하며 시체도 남기지 못했다.

언덕 하나가 완전히 붕괴되어 버릴 정도로 강력한 충격

이 퍼졌지만 두 사람은 멀쩡했다.

하지만 카이젤 황제가 여전히 차갑게 미소를 짓고 있는 반면 로드 나이트의 얼굴에는 경악으로 가득 찼다.

그가 가지고 있는 궁극의 검을 황제가 막은 것이다. 두 눈을 뜨고 봤지만 결코 믿을 수 없는 장면이었다.

"언제까지 스승님에게 당하고만 있을 줄 알았습니까? 저는 3년 동안 놀고 있지 않았습니다. 스승님을 능가하기 위해 저는 오직 검에만 매달렸습니다."

카이젤 황제의 신형이 사라졌다. 그리고 로드 나이트 바로 앞에 나타나 검을 내리그었다.

콰아앙!

황급히 검을 들어 올려 막아 내자 거대한 충격파가 순식간에 대지에 커다란 구멍을 만들었다.

한 수로 제압할 수 없다는 것을 깨달은 로드 나이트 역시 카이젤 황제를 향해 검을 휘두르기 시작했다. 두 존재가 검을 휘두를 때마다 거대한 파괴 공작이 일어났지만 개의치 않고 검을 휘둘렀다.

"늙으신 분이 잘도 움직이시는군요! 이미 언제 죽어도 이상하지 않은 분이!"

나이가 80이 넘어가는 알폰스 드 클라인이었다. 다른

마스터들은 이미 관 속으로 들어갈 나이였지만 알폰스 드 클라인은 여전히 쌩쌩했다. 괜히 인간을 초월한 이가 아니라는 것을 증명하듯 말이다.

그의 검에 맺힌 무형의 힘이 끊임없이 퍼져 나가 카이젤 황제를 덮치지만, 카이젤 황제의 검에 맺힌 불투명한 힘이 이를 튕겨 냈다. 그리고 카이젤 황제가 순식간에 사라졌다 로드 나이트의 등 뒤에 나타났다.

주변에 넓게 퍼트린 마나로 그 존재를 알아챈 로드 나이트가 몸을 틀며 검을 내질렀다.

콰아앙!

거대한 찌르기가 땅을 그대로 갈랐지만 카이젤 황제는 몸을 숙여 이를 피하고 검을 휘둘렀다. 이미 음속을 훨씬 초월한 그들은 움직일 때마다 거대한 파공음이 울렸다.

로드 나이트는 다시 카이젤 황제의 공격을 막아 내고 그 목을 향해 검을 휘둘렀다.

허공을 뒤덮는 수십 개의 무형의 칼날이 카이젤 황제를 덮친다. 그러자 붉으면서도 투명한 막이 형성되며 모든 칼날을 튕겨 냈다.

'이럴 수가.'

로드 나이트는 한탄했다. 자신의 제자는 그가 생각보다

훨씬 더 강해져 있었다. 그가 수십 년을 수련해 오른 경지를 겨우 자신의 인생 반도 살지 않은 제자가 따라잡은 것이 도저히 믿어지지가 않았다.

"그렇다면!"

자신의 모든 것을 담은 검을 휘둘렀다.

얼핏 보면 단순하게 보이는 공격. 그러나 그것은 단순한 휘두름이 아닌 공간을 가르면서 휘둘러지는 공격.

공간과 함께 베는 이 공격은, 상대가 공간에 대한 지배능력이 없다면 결코 막을 수 없는 필살의 공격이다.

그랜드 마스터들의 경지에 올랐다고 할지라도 공간에 대한 정밀한 이해가 있지 않다면 이런 공격을 막을 수는 없다. 그렇기에 로드 나이트는 승리를 확신했다.

마스터를 초월하기 위해서는 공간에 대한 지배와 깨달음이 필요하다.

그리고 공간에 대한 이해는 자신이 더 위라는 것이 바로 그의 생각이었다. 그의 제자가 검술 자체는 그와 동등하고 공간에 대한 지배력을 보일 수 있지만 이것을 다룬 경험은 그가 훨씬 더 많기 때문에.

콰아앙!

하지만 그것은 로드 나이트의 자만이었다.

황제는 로드 나이트의 필살의 공격을 다시 한 번 막아냈다. 로드 나이트와 같이 공간을 가르면서 로드 나이트의 공격을 막아 낸 것이다.

원래 필살의 공격이란 자신의 모든 것을 담은 것이다.

이번에야말로 승리를 확신했던 로드 나이트였기에 그는 다음 일격을 막을 준비 같은 것은 되어 있지 않았다.

물론 다른 이보다 대처 능력이 빠르다고는 하지만 자신과 동급의 경지의 기사에게는 한없이 무의미한 일이었다.

수십 줄기의 붉은 선이 로드 나이트를 휘감았다.

촤아악!

그리고 선은 그대로 로드 나이트의 전신을 베었다. 하지만 이것은 죽일 의도가 아닌 공격이었기 때문에 로드 나이트는 죽지 않았고 의식도 잃지 않았다. 단순히 육신의 기능만을 상실했을 뿐.

하지만 그때, 그가 본 것은 검은 로브로 전신을 가린 3명의 마법사. 그들의 기묘한 언어가 그대로 그의 정신을 파고들며 로드 나이트는 완전히 의식을 잃었다.

완전히 의식을 잃은 로드 나이트에 카이젤 황제는 미소를 지으면서 3명의 마법사들을 보았다. 황실 마탑이 자랑하는 8써클에 도달한 세 명의 대마법사였다.

"그대들의 도움이 아니었다면 이렇게 쉽게 스승님을 제압하지 못했을 것이다."

"저희는 오직 황제 폐하의 명만을 따를 뿐입니다."

그들이 건 것은 바로 세뇌 마법이었다.

본래 철벽같은 정신을 가진 마스터보다 더 고절한 정신체계를 가진 로드 나이트의 정신을 제압하는 것은 절대로 불가능한 일이지만, 황제와의 싸움에서 자신이 비기가 깨졌다는 것과 일시적인 육체의 고통이 틈을 만들었고 세 명의 대마법사가 그 틈을 파고들어 정신을 완전히 장악했다.

"이것으로 지루한 합중국과의 싸움에 변화를 줄 수 있겠지. 그리고 중부 대륙에 있는 두 군단장에게 합중국 북부 쪽으로 진격하는 것을 명해라. 스승님의 정신을 완전히 제압하면 그분의 기간트와 함께 합중국 서부 방향에 투입하도록."

"폐하의 명을 받듭니다."

그렇게 말을 하더니 로드 나이트를 들고 사라지는 세 명의 마법사였다.

"이것으로 모든 것은 끝났다. 이제 친정만 남은 것인가?"

환하게 미소를 지으며 황궁으로 되돌아가는 카이젤 황제.

그 뒤로는 완벽하게 황폐화되고 무너진 산의 잔해만이 남아 있었다.

(4)

중부 대륙을 빠르게 관통하는 제1군단.

제국은 애초에 영토에 대한 장악 자체를 하지 않았기 때문에 합중국과 싸울 때처럼 편하게 싸울 수는 없었다.

그야말로 군단과 군단이 싸우는 대결전.

그러나 크로아 왕국 측의 누구도 패배한다고 생각하는 사람은 없었다. 그도 그럴 것이 마스터만 두 명, 기간트의 숫자도 더 많다. 라이더들의 질 역시 결코 제국에 밀리지 않았다.

하지만 모두들 그것을 드러내지 않았다. 제국이 만들어 낸 참상을 보며 조용히 분노를 갈무리했다.

이미 이곳은 인간의 세계가 아니었다. 움직일 때마다 보이는 것은 셀 수 없을 정도로 쌓인 시체들과 굳은 피뿐이었다. 그리고 화염에 타올랐던 흔적들.

모든 것이 이곳은 지옥이라는 것을 보여 주었다.

"어이가 없군. 그 미친 황제."

카젠트가 얼굴을 찌푸리며 시체들을 바라보았다. 이미 알사스 왕국으로 진입한 상태였지만 더 들어가면 들어갈수록 인간이 얼마나 더 잔인해질 수 있는지 알게 되어 열 받을 정도였다.

아르젠 역시 분노를 감추지 않았다.

"어떻게 기사로서 검을 든 이가 힘없는 이들을 이렇게 공격할 수가 있단 말입니까!"

"황제라는 인간을 맹신하는 종교적 광기인가?"

카젠트도 한숨을 내쉬었다.

마음 같아서는 일일이 다 시신들을 수습해 주고 싶었지만 그럴 여유가 없었다. 수많은 첩자들이 보내 온 첩보들을 확인해 보니, 제국군이 남하할 준비를 하고 있다는 정보들만 있었다.

이것이 뜻하는 것은 명확했다.

합중국으로의 진격을 의미하고, 이들의 진격을 허용하면 합중국은 망하고 마리라.

"더욱 빠르게 진격해야겠군요."

아르젠이 한숨을 내쉬며 말했다.

그 마음을 잘 알기에 카젠트는 아무런 말도 하지 않았다.

여기까지 온 것도 엄청난 것이었다. 그나 아르젠 같은 초인도 아닌 라이더들의 체력은 한계에 다다랐다.

"무리지만 어쩔 수 없는 것 같군. 매번 시간에 쫓기니 참."

"차라리 제가 별동대를 이끌고 저들의 진격을 막겠습니다. 저들의 군단장은 마스터이니 같은 마스터인 제가 막는 것이 가장 이치에 맞지요. 근위기사단의 단장으로서는 어긋난 말입니다만."

'이미 호위로서의 의미는 없지요' 라는 말을 삼키는 아르젠이었다.

이상할 정도로 빠르게 성장하는 카젠트.

엘카디스 후작과 싸울 때만 해도 이 정도는 아니었는데 그와 싸운 이후로 다시 엄청난 속도로 실력이 상승한 것이다.

본래 카젠트의 재능이 뛰어나다는 것은 알았지만 초기에만 해도 이 정도까지 차이 나지 않았다는 것을 아는 아르젠이었다.

'하긴 특이한 힘을 가지고 계셨지. 만물을 포옹하는 그

런 힘을.'

그 정체불명의 힘이 카젠트의 성장의 근원이라 할 수 있겠지. 그렇게 판단한 아르젠은 카젠트를 바라보며 허락을 기다렸다.

"별동대로, 그게 차라리 낫겠지. 기왕이면 실력이 뛰어나야 하니까, 근위기사단을 전부 이끌도록. 어차피 저들은 우리가 있다는 것을 모르니 먼저 모습을 드러내지 않는 한 전투는 없을 것이니."

"전하의 명을 받듭니다."

그 말을 끝으로 두 사람도 휴식을 취했다. 하루에 몇백 km씩 달리니 일반적인 기사들을 능가하는 체력을 가진 그들이라 해도 정신적으로는 지칠 수밖에 없다.

그렇게 휴식을 취하고 다음 날, 아르젠을 비롯한 36기의 근위기사단 기간트들이 군단에서 빠져나와 빠른 속도로 제국군이 있을 법한 곳으로 달려갔다.

크로아 왕국군이 중부 대륙으로 들기 3일 전.

제국군의 남부 군단장인 레이딘 드 파비오 후작은 조용히 차를 마시고 있었다. 그들이 위치한 곳은 전 알사스 왕국의 수도인 알코란. 그 왕궁에서 레이딘 후작은 느긋하게 차를 즐기고 있었던 것이다.

수많은 이들을 학살하라고 명령을 내린 사람답지 않게 그의 얼굴은 매우 평안했다.

그들이 머무른 이 주일은, 중부 대륙에서는 지옥으로 기록될 것이다.

"역시 중부 대륙의 차는 맛이 깔끔하군. 괜히 차의 재배지로 유명한 것은 아니었군."

중부연합왕국의 세 왕국은 공통적으로 차를 재배하여 수출해서 돈을 벌고 있었다. 일반인이 먹는 차의 질도 매우 수준이 높을 정도로 중부 대륙 차의 질은 매우 훌륭했다.

휘하의 기사들도 매우 평안한 얼굴로 이 휴식을 즐기고 있었다. 단지, 수많은 알사스 출신의 여인들의 고통과 희생이 바탕이 된 휴식이었지만 말이다.

피가 없는 곳은 없었다. 왕궁 여기저기도 피로 범벅이 되어 있었고, 다른 곳은 말할 필요가 없었다.

모든 인간성을 버린 그들의 정신은 오직 황제의 명령이라는 것만으로 보호되고 있었다.

"임무는 완수했다. 이제 귀찮은 합중국 떨거지들을 멸하고 동부의 쓰레기들을 박멸하면 대륙일통이 완성된다."

그의 대에서 제국이 염원하던 대륙일통이 이루어진다고 생각하니, 그야말로 기사가 가질 수 있는 최고의 영광이었다. 역사에 대륙일통에 기여한 그의 이름이 영원히 남겠지.

그것을 생각하면 기분이 고양되는 레이딘 후작이었다. 그런 그의 얼굴에서 미소가 사라지더니 얼굴이 살짝 찌푸려졌다. 위에서 피가 뚝뚝 떨어지기 시작했던 것이다. 그가 위를 바라보자 그곳에는 검에 꿰뚫린 시체가 박혀 있었다.

전 알사스 왕국의 왕자 중 한 사람으로, 그 이름은 레이딘 후작은 기억하지 못했다. 매우 용감하게 그에게 달려들었지만 검 한 번 휘두를 가치가 없을 정도로 허약한 남자였다. 너무 가치 없어 그냥 턱을 한 번 후려친 다음 검으로 꽂은 것이다.

다 말랐을 것이라 생각한 피가 아직까지 흘러내리다니 갑자기 불쾌해진 레이딘 후작이었다.

"네년의 오라버니라는 작자도 좀 질기군. 안 그런가, 공주?"

카니아라는 이름을 가진 공주를 바라보며 레이딘 후작은 다시 미소를 지었다. 오라버니의 시신 앞에서 그 동생을 탐한 그는 자신의 행위에 대해 매우 만족하고 있었다.

하지만 카니아 공주는 그런 그를 멍한 눈으로 바라보았다. 너무 끔찍한 정신적 고통에 백치가 되고 말았던 것이다.

"흐음, 짜증 나는군."

서걱!

가볍게 손에 오러를 실어 카니아 공주의 목을 베어 버리는 레이딘 후작. 피가 치솟았지만 그런 그의 손에는 전혀 피가 묻지 않았다. 똑똑.

갑작스럽게 들려온 노크 소리.

"들어오도록."

레이딘 후작은 여전히 차를 마시며 대답했다. 그러자 문이 열리며 한 마법사가 걸어 들어왔다.

"황제 폐하의 전언입니다. 합중국 북부 방향으로 침공할 것을 명하셨습니다."

"황제 폐하의 명을 받듭니다."

잠시 황도를 향해 한쪽 무릎을 굽히며 예를 표한 레이딘 후작이 다시 자리에서 일어났다. 그런 그의 눈은 광기로 빛나고 있었다. 사실 전쟁이 빨리 끝나 지루해하고 있었는데 드디어 합중국으로의 진격이 허락된 것이다.

“합중국 놈들은 중부연합왕국 놈들보다는 재미있겠지. 안 그래도 서부 군단과 북부 군단은 치열하게 싸우고 있다고 하니까 말이야. 기대되는군.”

“저어, 각하. 전언은 아니지만 다른 중요한 정보가 있습니다.”

“무엇인가?”

의아한 얼굴로 되묻는 레이딘 후작.

“위대한 검의 신, 로드 나이트 알폰스 드 클라인 대공이 직접 서부 전선으로 가신다고 합니다.”

그 말에 레이딘 후작은 찻잔을 떨어뜨렸다.

(5)

“정말 알폰스 드 클라인 대공이, 로드 나이트가 은거를 깨고 전선에 나섰단 말인가?”

레이딘 후작이 떨리는 두 오른손을 움켜쥐며 마법사에게 되묻자 마법사가 고개를 끄덕이며 수긍했다.

“확실한 정보입니다. 은거를 깨시고 텔레포트를 통해

기간트 로드 나이트와 대공이 직접 서부 전선으로 갔다고 하십니다."

"알았네. 나가 보게."

레이딘 후작의 말에 고개를 숙이고 방에서 빠져나가는 마법사.

그런 마법사를 바라보지 않고 레이딘 후작은 깊은 생각에 빠졌다. 제국의 7인의 기사 중 한 사람이었지만 서열 1위인 로드 나이트와 비교하면 그 격차는 하늘과 땅 차이였다.

제국의 모든 마스터들이 로드 나이트에게 덤볐지만 그와 10합 이상 거둔 마스터들은 없었다. 레이딘 후작 본인도 겨우 7합만을 버티고 그 검이 반으로 잘릴 정도의 참패를 당했다.

마스터 위의 마스터는 이미 인간이 아니었다.

"어떻게 그분의 은거를 깼단 말인가? 황제 폐하이신가?"

본래 대외적인 활동을 하지 않았지만, 3년 전에 완벽하게 은거를 선언한 사람이 은거를 깨고 전쟁에 나서다니. 듣고도 도저히 믿을 수 없는 소식이었다.

"하긴 한 가지는 확실하군. 합중국은 이제 끝났다는 것이지."

일반적인 마스터 5명이 달라붙지 않으면 결코 로드 나이트를 막을 수 없었다. 그런데다가 제국의 마스터는 서열 2위의 아이반 드 페트릭 공작과 서열 5위의 마르카 드 레이타 후작까지 있는 상황.

합중국의 군대는 절대 막을 수 없었다.

"그러면 나 역시 준비해야겠지."

레이딘 후작이 탁자 위에 올라와 있는 수정 구슬에 마나를 불어넣자 수정 구슬이 파란 빛을 내뿜었다. 기사들을 불러 모으는 하나의 신호였다.

그렇게 30분 정도가 지나자 레이딘 후작이 자리에서 일어나 방을 나섰다. 그가 걸어 도착한 곳은 대전이었다.

본래 알사스 왕국의 국왕이 앉았을 왕좌에 앉은 레이딘 후작이 미소를 지으며 휘하의 기사들을 바라보았다.

모두 귀족의 작위를 가지고 있고, 한 지방의 로드도 있지만 지금 이 순간만큼은 기사라는 이름으로 묶여 있었다. 이는 레이딘 후작 역시 마찬가지였다.

"황제 폐하께서 합중국으로의 진격을 허락하셨다."

그 말에 대전에 있는 기사들의 전신에서 강렬한 투기가

피어올랐다. 이미 잔뜩 피에 취한 이들은 더 많은 피를 원하고 있었고, 합중국과의 전쟁은 그런 그들의 욕구를 충족시켜 주기에 충분했다.

"그리고 로드 나이트께서 참전을 하셨다."

그 말에 모든 기사들의 얼굴에 경악이 떠올랐다.

레이딘 후작은 그런 이들의 마음을 이해했다. 이들 역시 그 자신과 마찬가지로 로드 나이트의 뛰어난 전공을 들으며 검을 휘둘렀다. 그들의 우상이나 다름없는 로드 나이트의 참전은 그들과는 상관없으면서도 사기를 끌어올리는 데에 부족함이 없었다.

"앞으로 세 시간 뒤까지 모든 준비를 마쳐라. 이미 그대들이 어느 정도 준비를 해 놓고 있었으니 세 시간이면 충분하겠지. 기간트의 최종 정비를 마친 다음 바로 출격을 시작한다."

"명을 받듭니다!"

기사들이 한마음이 되어 외치고 대전을 빠져나갔다.

레이딘 후작 역시 왕좌에서 일어나 자신의 기간트, 실버레인이 있는 곳으로 걸어갔다. 전반적으로 은빛에 장갑은 금색과 붉은색으로 덧칠해져 있는 출력 2.1의 기간트.

거기에다 양어깨와 양 허벅지에 4기의 마나캐논을 달아 압도적인 화력을 자랑하고 있었다. 그리고 다양한 변화를 일으키는 검을 추구하는 레이딘 후작에 알맞은 얇으면서도 긴 검을 장착하고 있었다.

"드디어 네가 다시 날뛸 시간이 돌아왔다."

그렇게 웃으며 실버레인의 해치로 들어가는 레이딘 후작이 최종적으로 기체를 점검하기 시작했다.

그리고 3시간 뒤, 모두 모인 147기의 제국군 기간트들은 강렬한 위용을 선보였다.

끝으로 제국군 남부 군단은 알사스 왕국의 수도를 빠져나갔다.

그리고 다시 하루 반나절이라는 시간이 걸렸을 때였다.

제국군의 기간트들의 진격 속도는 매우 빨라 순식간에 알사스 왕국의 국경 부근에 있는 거대한 협곡 라케니언에 도착했다.

워낙 험준한 곳이라 알사스 왕국도 무려 5개의 요새를 세워 철벽과 같은 방어를 자랑했고, 이전까지만 해도 제국군이 이것을 뚫지 못한 것도 사실이었다.

하지만 디스트로이어의 막강한 힘은 이 5개의 요새들

을 완전히 무력화시키는 것을 넘어 협곡의 일부를 박살냈다.

그 때문에 현재 제국군의 진격을 잠시 멈출 수밖에 없었다. 조금이라도 헛디디면 튼튼한 장갑을 자랑하는 기간트마저 파괴될 정도로 깊은 협곡이었으니 말이다.

애초에 디스트로이어가 아니었다면 이곳을 한 군단으로만 공격한다는 것을 자살행위였다.

—잠시 진군을 멈춘다. 이곳은 언제와도 적응이 안 되는군.—

레이딘 후작의 말에 모든 기간트들이 자리에서 멈춰 섰다.

쉬지 않고 달렸기 때문에 지친 상태라 집중력을 많이 상실되었다. 이런 상태에서 조금이라도 헛디디면 목숨을 보장하지 못하는 협곡 라케니언에 간다면 위험하기 때문에 모두들 불만 없이 멈춰 휴식을 취하기 시작했다.

그때, 그런 제국군을 바라보는 하나의 부대가 있었다. 그야말로 모든 힘을 끌어내어 이곳에 먼저 도달한 부대는 바로 크로아 왕국의 근위기사단이었다. 아르젠은 자신의 기간트인 크림슨 나이트의 어깨에 앉아 망원경으로 제국군의 동태를 살피고 있었다.

"우리 역시 아직 완전한 상황은 아니지만, 대군인데다 거의 쉬지 않고 달려온 저들은 완전히 지쳤다고 해도 과언이 아니다."

협곡에 숨어 있는 다른 크로아 왕국군 기간트들의 어깨에 올라선 기사들을 바라보며 아르젠이 말을 했다.

이곳에 도착한 것은 크로아 왕국의 근위기사단이 먼저였다. 불과 두 시간 정도밖에 차이가 나지 않지만 그 정도 시간이면 완벽하게는 몰라도 숨을 가다듬는 데에는 충분한 시간이었다.

"그러니 먼저 우리가 손님을 환영해 줘야겠지."

아르젠의 말에 4명의 대장과 부단장이 재미있겠다는 미소를 지으며 아르젠을 바라보았다.

"제대로 부딪힐 필요도 없다. 중요한 것은 저들의 진격을 막는 것이다. 일정한 거리를 두고 마나캐논을 쏟아부으면 충분하다. 저들이 응전할 수 있겠지만 협곡을 방벽 삼으면 저들의 공격은 쉽게 우리에게 닿지 않을 것이니."

그 말을 끝으로 아르젠은 크림슨 나이트의 해치로 들어갔고, 그런 그의 뒤를 따라 다른 기사들도 각각 해치로 들어갔다.

그리고 제국군이 어느 정도 막사를 짓고 휴식을 취하기 시작했을 때, 기사단이 드디어 움직이기 시작했다.

좀 더 거리를 좁힌 다음, 모두 양어깨에 달린 마나캐논을 막사를 향해 조준했다.

이 정도 거리라면 완벽하게 타격을 하기에는 멀다고 할 수 있었지만, 그저 경계를 강화하고 진격을 늦추기 위한 목적을 위해서는 적당하다고 할 수 있었다.

—쏴라!—

타타탕!

푸른 마나탄이 그대로 제국군의 막사와 기간트를 향해 쇄도해 작렬했다.

콰아앙!

레이딘 후작은 막사로 가지 않고 자신의 기간트에서 기사들을 바라보고 있었다. 한 군단을 이끄는 군단장으로서 먼저 휴식을 취하는 것은 그의 자존심에 맞지 않았다.

그렇게 어느 정도 기사들이 자리를 잡자 그도 기간트에서 내려오려고 할 무렵이었다.

콰콰쾅!

갑작스럽게 작렬하는 푸른 마나탄.

거의 다 도달하지 못했지만 일부는 막사 근처까지 와서 기사들의 목숨을 위협했다.

"뭐냐, 이 공격은!"

당황하는 것은 잠시, 레이딘 후작은 공격이 날아온 곳을 찾았다.

쉬고 있던 기사들도 재빨리 상황을 파악하고 다시 자신의 기간트로 올라탔다.

괜히 제국 기사의 질이 리안느 왕국과 함께 뛰어난 것이 아닌지 혼란을 일으키지 않고 일사불란하게 기간트에 올라타는 제국의 기사들은 분명 대단했다.

타타탕!

다시 한 번 수십 개의 푸른 마나탄이 그들을 향해 쇄도하며 작렬했다. 이번에는 확실히 위치를 파악한 레이딘 후작과 기사들 역시 기간트의 마나캐논의 포구를 개방시키며 마나캐논을 쏘았다.

수백의 붉은 마나탄이 그대로 위로 치솟았지만 제대로 닿지 못하고 협곡에 부딪힐 뿐이었다.

그렇게 양군이 서로를 향해 쏟았지만, 서로 한 기도 잃지 않고 크로아 왕국의 근위기사단이 물러나는 것으로 전투는 끝났다.

(6)

콰앙!

자신의 기간트에서 내려온 레이딘 후작이 분노로 인해 땅을 발로 내려찍자 땅이 그 힘을 견디지 못하고 그대로 갈라지고 말았다.

"도대체 저들은 누구란 말이냐!"

레이딘 후작의 분노에 내려온 기사들은 아무런 말도 하지 못하고 고개를 숙였다.

제국군이 가장 먼저 한 일이 바로 기간트들을 파괴한 것이었다.

공학의 나라 코렌트 왕국의 기술력과 마법의 나라 알사스 왕국의 마도공학이 합쳐져서 만들어진 기간트들은 매우 뛰어난 능력을 자랑했다.

거기에 리안느 왕국 출신의 기사들에게 배운 기사들의 수준 역시 매우 높아 기간트들과 라이더를 가장 먼저 처리할 대상으로 여기고 완전히 전멸시켰다.

그런 시점에서 제국군을 공격할 정도로 세력이 남아 있으니 레이딘 후작이 분노하는 것도 무리가 아니었다.

"나누어서 잠을 청한다. 50명의 라이더들은 기간트를 찬 채 철저히 경계하도록. 50명씩 짝을 지어 교대한다. 잠을 자는 시간은 두 시간이다."

"명을 받듭니다."

기사들이 모두 고개를 숙이고 레이딘이 명령한 대로 움직이기 시작했다.

레이딘 후작은 쉬지 않고 다시 자신의 기간트로 올라갔다. 적이 언제 덮칠지 모르는 상태에서 가장 강한 그가 쉬는 것은 결코 있을 수 없는 일이었다.

그런 제국군을 바라보는 아르젠의 표정은 매우 씁쓸했다.

제국군은 그가 생각하는 것보다 훨씬 더 강했다. 큰 피해를 줄 것이라 생각하지는 않았지만 피해가 전혀 없을 줄은 몰랐다.

'이 전투는 쉽지 않겠군.'

레이딘 후작의 역량을 허투루 보았다가는 오히려 그가 당할 수가 있었다. 게릴라전을 벌이면 게릴라가 유리하다고는 하지만 제국군을 상대로 큰 이득을 볼지는 감히 자신 할 수가 없었다.

'처음 생각대로 그저 진격 속도만을 줄인다. 지금 우리로만 부딪히면 절대 패하고 만다.'

아르젠은 맞부딪히기를 포기했고 기간트에서 휴식을 취했다. 식사 역시 간단하게 기간트에서만 처리했다. 이럴 때를 대비해 만들어 놓은 간편한 방식의 식량이 있었다.

그 뒤로도 크로아 근위기사단은 집요할 정도로 남부 군단을 괴롭혔다.

움직일 때마다 마나캐논을 쏘았고, 제국군의 기간트가 다가오면 일사불란하게 달아나는 것을 끊임없이 반복하니, 나흘이 지났음에도 제국군은 알사스 왕국을 벗어나지 못했다.

이에 따라 레이딘의 분노가 더욱 증가하는 것은 당연한 일이었다.

여태까지 적 기간트에 새겨진 문장도 보기 전에 달아났으니 그로서는 분노하지 않으려고 노력해도 그 분노를 숨길 수가 없었다.

콰콰쾅!

오늘도 어김없이 울려 퍼지는 마나탄의 작렬 소리.

그 소리를 들으며 레이딘 후작은 이를 갈았다.

"오늘이야말로 네놈들의 정체를 파악하고 그 목을 쳐주겠다!"

레이딘 후작이 분노하며 광원을 파악하자마자 자신의 기간트, 실버레인을 빠르게 움직였다. 그런 그의 뒤를 따라 군단 내에서도 그의 직속 호위를 맡은 삼십 기의 기간트가 빠른 속도로 달렸다.

좌르륵!

흉갑의 일부분이 열리며 쏘아진 쇠사슬이 협곡의 거대한 절벽에 박히고 그 쇠사슬이 줄어드는 것과 동시에 제국군의 기간트들이 날아올랐고, 그 와중에 레이딘 후작은 검을 휘둘렀다.

그의 움직임에 따라 실버레인이 검을 휘두르자 푸른색의 오러 블레스트가 그대로 쇄도했다.

"됐다!"

이 정도면, 그의 오러 블레스트라면 충분히 닿을 수 있는 거리였다. 문양을 가려 아직 정체를 확인할 수 없었지만 그의 오러 블레스트는 빠르게 쇄도했다.

그때,

쉬에엑!

붉은색의 오러 블레스트가 날아와 레이딘 후작이 날린 오러 블레스트와 부딪혔다.

콰아앙!

강렬한 충격파가 쇠사슬을 뒤흔들었으나 제국군의 기간트들은 모두 안전하게 착지했다. 하지만 이미 그때, 크로아 왕국군의 근위기사단은 빠른 속도로 퇴각하고 있었다.

그러나 이를 쫓아야 하는 레이딘 후작은 의심 어린 눈으로 저들이 달아나는 것을 지켜볼 뿐 움직이지 않았다.

"마스터란 말인가?"

마나캐논의 위력은 오러 블레스트보다 조금 부족하거나 거의 동등한 수준이었으니 마나탄이라 볼 수도 있었지만, 방금 그것은 그의 것과 형태는 다르지만 오러 블레스트였다.

"누구냐, 네놈들은?"

평범한 적은 아니었다. 아니, 마스터가 있다는 것을 확인한 이상 더욱 주의를 기울여야 할 상대였다.

"사고 쳤군."

아르젠이 한숨을 내쉬었다.

그냥 마나캐논을 쏘아야 했지만 본능적으로 오러 블레스트를 날려, 자신의 진영에 스스로 마스터가 있다는 것을 알리는 셈이 되어 버렸다. 그로서는 의도치 않은 실수라고 할 수 있었다.

"뭐 어쩔 수 없지요. 그래도 이 정도면 저희가 할 수 있는 만큼은 다 했습니다. 전하께서 이미 라케니언 건너편에 진을 치고 대기 중이라고 하시니 저희도 이곳을 빠져나가면 될 것입니다."

근위기사단의 부단장인 카일 드 하르트가 웃으면서 말을 하자 아르젠도 웃었다.

"그것참 다행이군요. 저희의 노력이 헛되지 않아서 말입니다. 그럼 이대로 귀환을 하도록 하지요."

그 말을 끝으로 근위기사단은 라케니언을 빠져나가기 시작해 다음 날, 본대와 합류하는 데에 성공했다.

제국군이 라케니언을 빠져나온 것은 이틀이 지난 후였다. 그리고 마침내 크로아 왕국군과 제레미아 제국군이 처음으로 부딪히게 되었다.

"저 깃발의 문양은 어디 왕국의 것이냐?"

크로아 근위기사단의 집요한 공격을 받고도 기간트 피해를 전혀 입지 않은 제국 남부 군단이었으나 그들의 수효를 훨씬 능가하는 기간트 부대를 만나 레이딘 후작은 당황했다.

"저 문양은…… 크로아 왕국의 문양입니다."

"크로아 왕국이면 루시아 황녀님이 쫓겨나신 동쪽의 변방국이 아니냐? 그러고 보니 엘카디스 후작을 패배시켰다는 이가 있다고 들었는데, 내 공격을 막은 이가 동부의 무신이었던가?"

붉은 기간트를 타는 것으로 유명한 동부의 무신이었으니 레이딘 후작이 착각할 만했다.

하지만 그것만으로도 레이딘 후작의 얼굴이 찌푸려지기에는 충분했다. 엘카디스 후작은 그보다 강한데, 그런 엘카디스 후작을 꺾은 동부의 무신이라면 그보다 강하다는 것을 의미했다.

"디스트로이어를 준비해라. 저들의 군세는 우리보다 강할지 모른다."

진다고는 생각하지 않지만 합중국을 상대하러 가야

하는 이 시점에서 큰 피해를 입을 수도 없는 노릇이었다.

그 말에 20기의 기간트들이 20문의 디스트로이어를 끌고 왔다. 게릴라전에서는 잘못 썼다 협곡이 무너져 그들이 피해를 볼 수도 있었기 때문에 사용할 수 없었지만 사정이 바뀌었다.

선전포고 같은 것은 없었다. 이미 전의를 읽었기 때문에 그러한 것은 필요 없이 바로 부딪히는 것이다.

제국군의 기사들이 지칠 대로 지치기는 했지만 디스트로이어로 완전히 박살 나 혼란스럽게 움직일 적을 이기지 못할 정도로 단련이 덜 되어 있지는 않았다.

양측의 군대가 대략 5km 정도의 거리를 두고 진격을 멈추었다.

그리고 디스트로이어가 앞으로 나갔다.

'저들은 이것이 그저 큰 마나캐논인 줄 알겠지. 잘 가도록, 동부의 무신. 그대와 검을 나누지 못한 것은 아쉽지만 지금 그대를 상대할 여력이 없군.'

디스트로이어의 포문에 엄청날 정도의 마나가 모여들기 시작했다.

쿠오오오!

그야말로 주변의 모든 것을 흡입한다고 여겨질 정도로 강렬하게 주변의 마나를 탐욕스럽게 빨아들이는 디스트로이어.

충전도 잠시, 20문의 디스트로이어의 포문에 모두 강렬한 붉은 빛이 모여들었다.

—쏴라.—

대지를 가르는 파멸의 빛이 다시 한 번 그 빛을 선보였다.

(7)

카젠트는 디스트로이어를 바라보며 미소를 지었다.

물론 그가 미쳐서 그런 것은 아니었다. 드디어 비밀병기를 세상에 드러낼 수 있었기 때문에 미소를 짓는 것이었다.

"저것이 바로 그 디스트로이어. 시아딘의 마탑을 날려 버린 최악의 병기였지. 시아딘이 그런 병기를 보고도 아무런 대처를 하지 않았을 줄 알면 오산이다, 제국이여."

마탑의 탑주인 시아딘은 자신의 예전 마탑을 파괴한 디

스트로이어에 앙심을 품고 어떻게 하면 그 힘을 무력화시킬 수 있을지를 연구했다. 오죽하면 기간트 연구는 제자들과 장로들에게 맡기고 그 대처법에만 신경 쓴다는 말이 나왔겠는가.

세금 잡아먹는다고 관료들의 반대가 만만치 않았다.

하지만 카젠트의 믿음하에 그는 연구에 매진했고 결국 디스트로이어를 무력화시키는 병기를 완성했다.

디스트로이어의 포문에 강렬한 마나가 모이고 있지만 모두들 긴장하지 않았다.

완벽하지는 않았지만 크로아 왕국은 고대의 유산 중에서 디스트로이어와 비슷한 병기를 발견해 만드는 데 성공했다.

아직 양산화되지는 않았지만, 그 한 문의 비밀 병기를 통해 이곳의 모든 디스트로이어를 무력화시킬 수 있다는 것은 다 알고 있었다.

—선두 라이더들은 모두 준비하고 있겠지? 타이밍을 맞추지 못하면 아군은 큰 피해를 입는다.—

카젠트가 다시 한 번 라이더들의 주의를 환기시켰다.

이 병기에서 가장 중요한 것은 타이밍이었다. 제대로 타이밍을 맞추지 못하면 모든 것이 다 끝이었다.

실제로 실험에서 이 타이밍을 제대로 못 맞춰 날려 먹은 기간트의 숫자가 두 자리를 넘어갔다.

그리고 이제 디스트로이어가 그 파멸의 빛을 개방했다.

—쏴라!—

그와 동시에 카젠트가 외치자 선두에 있는 삼십 기의 기간트가 손에 들고 있던 구 형태를 한 무언가를 던졌다.

꽤 먼 거리까지 던져진 구들은 동시에 붉게 변했다.

콰앙!

구들이 그대로 폭발하는 것과 동시에 공간이 일그러지기 시작했다. 그리고 음속을 넘는 속도로 쏘아진 파멸의 빛과 일그러진 공간이 부딪히자 그대로 파별의 빛이 공중으로 치솟았다.

"뭐라고!"

이를 지켜본 레이딘 후작은 경악으로 비명을 지르듯 외쳤다. 대지를 갈라야 할 빛이 하늘로 치솟다니, 도저히 있을 수 없는 일이었다.

"도대체 무슨 일이냐, 이것이!"

중부연합왕국을 패퇴로 몰게 만든 원인인 디스트로이어가 완전히 무력화되는 순간이었다.

이 비밀 병기의 이름은 공간왜곡폭탄.

말 그대로 공간 자체를 왜곡시키는 폭탄이었지만 실상은 강력한 중력장을 발생시키는 것이었다.

기간트를 파괴시킬 정도의 힘은 없었지만 디스트로이어가 쏘아 내는 것이 일종의 빛임을 깨달은 시아딘이 강력한 중력장이 빛을 굴절시킬 수 있다는 것을 깨닫고 만든 병기였다.

그리고 시아딘의 의도에 따라 완벽하게 디스트로이어를 무력화시키는 것에 성공했다.

남은 것은 이제 직접적으로 적을 격멸시키는 것뿐이었다.

—돌격하라!—

카젠트의 외침이 울려 퍼지고, 크로아 왕국의 기간트들이 빠른 속도로 달렸다.

—돌격하라!—

레이딘 후작도 재빨리 정신을 차리고 돌격 명령을 내렸다. 이렇게 된 이상 동부의 무신을 어떻게 처리한 다음, 빠른 속도로 적을 돌파하는 수밖에 없었다. 제 시간에 돌파를 하지 못한다면 남은 것은 패배뿐이었다.

"결코 있을 수 없는 일이다."

제국 7인의 기사라는 이름에 걸맞아야 했다. 군단장으로서 이들의 능력은 그야말로 탁월. 결코 패배한 적이 없었다.

패배했다고 스스로 자책하는 칼레이 후작 역시 남들이 보기에는 대승이었다. 제국의 기록에도 그것은 승리였고 말이다. 그런 이름을 짊어진 그가 동부의 변방국에게 질 수는 없었다.

마침내 모든 군대들이 부딪혔다.

마나탄이 번쩍이고, 검들이 휘둘러졌다. 들리는 것은 오직 파괴가 일어나는 소리였다.

레이딘 후작의 실버레인은 푸른색의 오러 블레이드를 일으키며 기간트들을 상대했다.

콰앙!

그가 세 기의 기간트를 베었을 무렵, 어지간한 기간트보다 머리 하나는 더 큰 붉은 기간트가 달려들었다.

콰앙!

"커헉!"

전신을 뒤흔드는 강렬한 충격에 레이딘 후작이 신음을 토했지만 재빨리 자세를 취했다. 그리고 경악했다.

"뭐라고?"

눈앞의 기간트는 처음 보는 것이지만 풍기는 기세는 분명히 마스터였다. 그렇다면 크로아 왕국에는 마스터가 두 명이나 있다는 것을 의미했다.

"제기랄!"

그렇다면 더욱 빨리 처리해야 했다.

마스터 하나의 존재는 전투를 뒤집을 수 있을 뿐만 아니라 나아가 전략 자체를 뒤집을 수 있었다.

그런 이가 무려 두 명이라니, 레이딘 후작으로서는 속이 터질 정도로 답답한 일이었다.

하지만 마스터를 상대로 그런 생각은 금물이었다.

오러 블레이드를 일으키며 달려드는 실버레인을 바라보는 카젠트는 얼굴을 찌푸렸다.

격렬하게 치고 박는 싸움을 하고 싶은 것이 본 심정이지만 지금 그럴 여유가 없었다. 때문에 가능한 한 최대한 빨리 레이딘 후작을 베어야 했다.

"아쉽지만 어쩔 수 없지."

콰아악!

무형의 오러 블레이드가 그대로 실버레인을 향해 달려들었다.

콰아앙!

단 일격에 허무하게 느껴질 만큼 뒤로 밀려나는 실버레인.

그리고 그 안에서 받은 레이딘 후작의 충격은 엄청났다.

"설마 그랜드 마스터인가!"

로드 나이트와 싸운 이답게 그는 상대가 마스터를 능가한 마스터라는 것을 깨달았다. 이를 악문 그는 그대로 4개의 마나캐논을 개방해 무차별적으로 쐈다.

—귀찮게 하는군.—

너무나 무심한 음성이었지만 이상하게 파괴의 소리로 덮인 전장에서 레이딘 후작의 귀에 박혔다.

촤악!

검이 휘둘러지자 공간이 갈라지며 마나탄들이 튕겨져 나간다.

카젠트가 엘카디스 후작과의 싸움 이후에 터득한 비의. 어떻게 하면 엘카디스 후작을 한 번에 제압할 수 있을지 고민하다가 터득한 오의였다.

그 오의가 처음으로 세상에 드러난 것이다.

그리고 가공할 속도로 도약하여 실버레인과의 거리를

좁힌 블러디 나이트가 무심하게 검을 내리그었다.

콰앙!

푸른 오러 블레이드는 그 힘을 버티지 못하고 검과 함께 완전히 박살 났다.

"젠장맞을!"

주먹을 휘두르며 마나캐논을 퍼붓지만 어느 순간에 뒤로 빠진 블러디 나이트가 그대로 검을 내질렀다.

콰드득!

등에서부터 꿰뚫린 실버레인. 그대로 해치의 레이딘 후작 상반신 전체를 관통했다.

콰앙!

제국의 7인의 기사이자 남부 군단장을 맡았던 레이딘드 파비오 후작의 허무한 최후였다.

그리고 다시 전장을 바라본 카젠트가 검을 휘두르자 블러디 나이트의 검에서 수십 개의 무형의 오러 블레스트가 쏟아지며 제국군의 기간트들 강타했다.

그런 그를 선두로 사기가 고양된 크로아 왕국군은 압도적으로 제국군을 밀어붙여 두 시간 만에 전멸시키는 데에 성공했다.

제국군은 147중 100기 이상이 완파되었고, 나머지

47은 반파되어 더 이상 움직일 수가 없었다.

반면 크로아 왕국군은 40기의 기간트가 완파되고, 20기 정도의 기간트가 반파되었다.

그야말로 압도적인 대승리였다.

(8)

크로아 왕국의 제1군단이 알사스 왕국을 향해 진격할 무렵, 제2군단 역시 빠른 속도로 리안느 왕국을 향해 진격을 개시했다.

이들 역시 제국군이 만든 참상에 분노한 것은 마찬가지였다.

특히 자신의 백성들이 흘린 피에 분노한 헤르매스 국왕을 말리느라 두 마스터가 진을 빼는 일이 발생했다.

"절대 네놈을 용서하지 않겠다. 칼레이!"

사적으로는 동생의 원수였지만, 이제는 동생의 죽음을 잊을 정도의 더 큰 분노를 삭이고 있었다.

제2군단은 그렇게 빠른 속도로 리안느 왕국의 수도를 향해 진격을 개시했다.

리안느 왕국의 수도는 상대적으로 알사스 왕국보다 가

까웠기 때문에 그들은 수도로부터 50km 정도 떨어진 곳에서 막사를 세우고 제국군이 오기를 기다렸다.

그날 밤, 헤르매스 국왕, 레기오스 공작과 세우스 후작이 한자리에 앉아 의견을 나누기 시작했다.

"선두에는 리안느 왕국의 기간트들이 설 수 있게 해 주시오."

헤르매스 국왕의 말에 세우스 후작이 난감한 표정을 지었다. 공간왜곡폭탄을 사용하기 위해서 선두에는 반드시 크로아 왕국의 기간트들이 서야 했기 때문이다.

"그것은 곤란합니다, 전하. 디스트로이어라는 병기를 상대하기 위해서는 반드시 저희 왕국의 기간트들이 선두에 서야 합니다. 이것은 절대로 바꿀 수가 없습니다."

"디스트로이어……."

살기를 드러내는 헤르매스 국왕. 중부연합왕국을 멸망으로 이끌었다고 해도 과언이 아닌 최악의 병기.

"이 병기는 저희 왕국의 라이더들 중에서도 일부만 숙달이 되어 있기 때문에 귀국의 라이더들에게 시킬 수가 없는 노릇입니다."

그렇게 먼저 입을 연 세우스가 공간왜곡폭탄에 대해 설

명하기 시작하자 헤르매스 국왕은 살기를 거둬들이고 세우스의 설명을 경청했다.

함께 듣고 있던 레기오스 공작이 세우스의 설명을 다 듣고 입을 열었다.

"그러면 우리 왕국의 깃발을 선두에 세우게 해 주시오. 그리고 디스트로이어를 막은 후에, 선두가 길을 열고 먼저 리안느 왕국의 기사들이 돌격을 할 수 있게 해 주시오."

레기오스 공작의 말에 세우스는 잠깐 생각하더니 고개를 끄덕이며 수긍했다. 그 정도는 어렵지 않은 일이었다.

한편, 칼레이 후작의 동부 군단 역시 레이딘 후작의 남부 군단과 마찬가지로 리안느 왕국의 수도에 모였다.

황제의 명령을 받은 칼레이 후작은 미소를 짓고 있었다.

"합중국으로의 진격도 좋은 소식이고 알폰스 대공이 나선 것도 좋은 소식이지. 그나저나 황제 폐하께서는 무슨 수를 쓰신 것이지?"

알폰스 대공은 그 존재 자체만으로도 중요한 변수이기

때문에 모든 군단장들은 신경을 쓰고 있었다.

어떻게 고집스럽게 은거를 선택한 대공의 마음을 바꿀 수 있었는지 의문이 드는 것도 사실이었지만 칼레이 후작은 바로 의문을 접었다.

그리고 기사들을 불러 최종 기체 점검을 지시하고 다음날, 왕성에서 빠져나갔다.

드넓게 펼쳐진 평원을 달리다, 동부 군단의 세력을 능가하는 군단과 조우했다. 그 선두에는 리안느 왕국의 문양이 새겨진 깃발이 휘날리고 있었다.

이에 깜짝 놀란 칼레이 후작은 대충 6km 정도의 거리를 두고 진격을 멈췄다.

"리안느 왕국 잔당들의 세력이 저렇게 많이 남아 있다고? 아니군, 다른 깃발이 있는데."

칼레이 후작이 얼굴을 찌푸리며 문양을 바라보았다.

"저 깃발은 크로아 왕국의 것입니다."

휘하 기사의 말에 고개를 끄덕인 칼레이 후작.

"더 이상 버티지 못하다는 것을 깨닫고 타국에 의존한 것인가? 기사 왕국의 명예가 바닥으로 떨어졌군."

칼레이 후작의 말에 휘하 기사들의 얼굴에도 비웃음이 나타났다.

칼레이 후작도 비웃음을 지으며 다시 입을 열었다.

"명예를 중시하는 놈들이 외세를 받아들이다니, 이것이야말로 타락이라 할 수 있지. 그리고 변방의 쓰레기가 주제도 모르고 까부는군. 감히 제국의 군단을 공격할 생각을 하다니 말이야. 어차피 손봐 줘야 할 상대였으니 좀 더 빨리 해치우는 것도 괜찮겠지."

진군은 내일로 결정되었다.

이미 해가 거의 졌기 때문에 전투를 할 필요는 없었다.

이렇게 대치한 상태에서는 육중한 기간트들이 기습을 하러 다가온다 할지라도 그 움직임을 파악할 수 있었기 때문에 그렇게 경계를 할 필요도 없었다.

물론 크로아 왕국은 기습할 의지가 없었지만 말이다.

다음 날 아침, 태양이 떠오르는 것을 신호로 양군이 움직였다.

제국군은 자랑하는 디스트로이어를 앞으로 내세운 채 진격을 했다.

디스트로이어는 이미 마나를 충전하기 시작한 상태에서 움직이고 있었기 때문에 이를 다루는 라이더들도 조심하고 있었다.

설마 하지만 이 상태에서 공격을 받아 폭발하다면 제국군이 오히려 박살 날 수 있었기 때문에 주의에 주의를 기울여야 했다.

그런 제국군의 걱정을 무색하게 만들듯 크로아 왕국군과 리안느 왕국군은 공격을 하지 않았다.

—그 선택을 후회하게 만들어 주지. 쏴라!—

24문의 디스트로이어가 빛을 개방했다.

번쩍!

디스트로이어의 빛이 번쩍이는 순간 세우스가 외쳤다.

—던져라!—

선두에 선 30기의 기간트들이 손에 쥔 폭탄을 집어 던졌다.

폭발과 동시에 공간이 일그러지기 시작했고 그 순간 파멸의 빛이 쇄도했다.

우웅!

하지만 빛은 크로아 왕국군에 닿지 못하고 하늘 높이 치솟았다. 완벽하게 디스트로이어를 막은 것이다.

—돌격하라!—

선두의 폭탄을 쥔 기간트들이 물러나며 리안느 왕국의 기간트들이 빠른 속도로 달리기 시작했다. 그 선두에는 골든 이지스가 로열 블레이드가 있었다.

"이럴 수가……."

제국군이 만든 회심의 병기가 너무나 쉽게 막히자 경악으로 할 말을 잊은 칼레이 후작이 달려오는 적의 선두를 바라보았다.

그가 최후로 상대한 기간트와 같은 골든 이지스였다. 리안느 왕국의 왕족만이 다룰 수 있는 최고급 기간트.

그러자 자신을 무참하게 패퇴시킨 칼리온 대공이 떠올라 칼레이 후작은 분노하며 달려들었다. 그런 그의 뒤를 따라 동부 군단의 기간트들이 움직였다.

디스트로이어의 공격이 실패했으니 굼뜰 법도 한데, 제국군은 여전히 일사불란하게 움직였다.

그리고 마침내 제국군과, 크로아 왕국군과 리안느 왕국군의 연합군이 격돌했다.

(9)

칼레이 후작의 리바이어던이 검붉은 오러 블레이드로 착실하게 리안느 왕국군의 기간트들을 베어 나갔다.

리안느 왕국군의 기간트들은 약속이라도 한 듯이 리바이어던을 향해 쇄도했지만 칼레이 후작은 여유롭게 그런 적들을 상대했다.

하지만 그런 칼레이 후작의 여유는 오래가지 못했다.

콰아앙!

갑작스런 공격을 본능적으로 막은 리바이어던이 무력하다고 여겨질 정도로 뒤로 밀려났다.

자신을 공격한 기간트를 본 칼레이 후작의 두 눈은 분노로 붉게 물들었다. 자신에게 치욕을 준 칼리온 대공의 기간트와 같은 골든 이지스였던 것이다.

—감히!—

칼레이 후작이 자랑하는 송곳니가 무려 3개나 연속적으로 골든 이지스를 향해 날아갔다.

한 번에 3개의 방위를 점해 단숨에 적을 가르는 칼레이 후작의 최강의 기예. 일전에 막힌 적이 있지만 그것은 상대의 갑작스러운 깨달음 때문이라고 칼레이 후작은 믿었다.

하지만 골든 이지스는 너무나 가볍게 검을 휘둘러 3개의 송곳니를 모두 파괴했다.

—겨우 이 정도냐?—

칼리온 대공과 비슷한 무심한 목소리에 칼레이 후작은 더욱 분노했다.

칼레이 후작의 분노에 호응하여 리바이어던의 주위로 검붉은 장막이 펼쳐지기 시작했다. 칼리온 대공과의 전투에서 깨달은 마스터의 마지막 기예, 오러 테라토리가 펼쳐진 것이다.

그 자체만으로 모든 것을 베어 버리는 오러의 결계에 황급히 거리를 벌리는 양국의 기간트들이었다.

이 힘은 기간트들의 튼튼한 장갑을 종이처럼 베어 버리기 때문에 절대로 피해야 하는 힘이었다.

하지만 이를 지켜보는 헤르매스 국왕은 피식 웃었다.

—그것을 깨우쳤다고 나를 이길 수 있다고 생각하면 오산이다.—

골든 이지스가 그대로 오러 테라토리의 안으로 들어가는 순간, 검붉은 장막이 흔들리기 시작했다.

모든 것을 찢어발기는 오러 테라토리가 자신의 간격 안에 들어온 적을 베지 못하고 있었던 것이다.

이 의외의 사태에 칼레이 후작은 진심으로 당황하고 말았다.

그때, 골든 이지스가 리바이어던에 도달하여 주먹을 내질렀다.

콰아앙!

주먹은 그대로 리바이어던의 흉갑을 강타했고 곧바로 구겨지고 말았다.

"제기랄!"

그 충격에 피를 토해 얼굴이 피로 물든 칼레이 후작이 모든 마나를 끌어 올리며 적을 향해 대항했다.

쿠오오오!

오러 테라토리가 모이기 시작하더니 곧 거대한 오러의 회오리를 만들며 골든 이지스를 향해 달려들었다.

—가소롭다.—

골든 이지스의 검에 맺힌 금빛의 오러 블레이드가 그대로 무형의 오러 블레이드로 변하면서 그 길이가 늘어났다. 그리고 허무하다고 느껴질 정도로 쉽게 검붉은 오러의 회오리를 양단해 소멸시켰다.

"……!!"

자신의 최강 기예가 너무나도 쉽게 막히자 강력한 정신

적 충격을 받은 칼레이 후작.

잠시 멈춘 리바이어던을 놓치지 않고 단숨에 휘둘러진 골든 이지스의 검은 리바이어던의 오른팔을 베었다.

콰앙!

굉음과 함께 날아가는 리바이어던의 오른팔.

그리고 몸을 돌리며 검을 쳐올리는 골든 이지스의 검은 리바이어던의 왼팔을 갈랐다.

—네놈을 쉽게 죽일 순 없지! 네놈이 부른 피의 대가를 치르게 해 주마!—

그랜드 소드 마스터가 진정으로 분노하자 주변의 마나가 들끓기 시작했다. 초인 위의 초인. 인간의 몸으로 모든 것을 초월한 최강자의 의지에 마나가 동조한 것이다.

골든 이지스의 검이 리바이어던의 전신을 베기 시작했다. 다리부터 시작하여 머리에 이르기까지 일정 타격을 줄 정도로만 끊임없이 베었다.

그런 일정한 타격들이 만들어 내는 충격들이 합쳐지니 그 충격은 그야말로 엄청났다.

"커헉! 커헉!"

해치 안의 조종을 위한 장치들이 모조리 폭발했고, 전

신이 베이는 것만 같은 고통에 칼레이 후작은 끊임없이 피를 토했고 그는 결국 미친 상태에서 의식을 잃어버리고 말았다.

마지막에 의식을 잃은 것이 그에게 가장 행복한 일이었다. 더 이상 고통을 느낄 수가 없어졌으니 말이다.

콰드득!

최후의 일격으로 흉갑을 향해 검을 꽂아 넣은 골든 이지스.

콰앙!

폭발하며 완전히 산산조각 나 버린 리바이어던.

"이것이 시작이다, 제국이여. 절대 네놈들을 용서하지 않겠다."

헤르매스 국왕이 차갑게 제국의 기간트들을 돌아보며 중얼거렸다.

'이 원한은 황제의 심장에 검을 꽂아 넣을 때까지 결코 잊지 않을 것이다.'

그렇게 속으로 다짐을 하는 헤르매스 국왕.

세우스는 헤르매스 국왕이 승리하자마자 강하게 외쳤다.

—돌격하라!—

수로는 결코 밀리지 않는 제국군의 기간트들이었지만, 검을 휘두를 때마다 5~6기씩 날려 버리는 골든 이지스와 로열 블레이드, 그리고 블랙 와이번의 힘을 중심으로 한 최강자들을 상대하지 못하고 무너져 내렸다.

간간이 약화된 디스트로이어를 쏘기는 했지만 골든 이지스가 만든 오러 테라토리에 허무하게 튕겨져 나갔다.

전투가 시작된 지 3시간 만에 크로아 왕국군과 리안느 왕국군으로 이루어진 제2군단 역시 제국군을 섬멸시킴으로써 승리를 거두었다.

이로써 중부 대륙은 제국으로부터 완전히 벗어나게 되었고, 왕궁으로 돌아온 헤르매스 국왕은 왕국이 망하지 않았음을 천명했다.

그렇게 제1군단과 제2군단의 승전 소식이 울려 퍼지자 크로아 왕국 본국에서 대기하고 있던 식량을 비롯한 구호 물자들이 텔레포트로 빠르게 전달되었다.

그리고 자유무역연맹에서도 막대한 자금을 투입하여 세 왕국의 재건을 도왔다.

그뿐만 아니라 알사스 왕국과 코렌트 왕국의 혈연이 완전히 끊겼음을 말하고 두 국가를 병합한다는 헤르매스 국왕의 선언에 몰래 숨어 있던 각 군의 잔여 세력들이 속속 모이기 시작했다.

대륙의 시선은 이제 합중국의 서부 전선을 향했다.

41장

무너지는 합중국 1

(1)

크로아 왕국군이 중부 대륙을 장악했을 무렵의 이야기.

총 40기로 이루어진 기간트 부대.

합중국의 문양이 오른쪽 어깨에 새겨져 있었고, 왼쪽 어깨에는 금색의 십자가 문양이 새겨져 있었다.

이 문양을 새긴 부대는 합중국에서는 오직 하나뿐이었다. 합중국 최강의 기사단, 금십자 기사단이 바로 전장에 나선 것이다.

"이토록 빨리 전장에 나설 줄은 몰랐군."

엘레산 요르테가 미소를 지으며 말을 했다. 그의 말에 다른 단원들 역시 미소를 지었다. 그 미소에는 자신감이 충만했다.

엘레산 요르테, 합중국 건국 공신의 후예이자 가장 강한 기사.

그의 이름과 금십자 기사단의 출현만으로도 합중국의 사기가 치솟았다.

그런 그를 향해 두 사람이 걸어왔다.

공통점은 두 사람 모두 20대 중반의 얼굴을 하고 있었다는 것이다.

두 사람 모두 합중국이 자랑하는 5인의 별(이제는 4인의 별) 소속의 마스터였다.

적발을 자랑하는 마스터는 헬폰스 슈트라 중장, 자색의 머리를 자랑하는 마스터는 루제인 펠트 대장이었다.

"오랜만에 뵙습니다."

엘레산 요르테가 고개를 숙이며 인사를 했다.

가장 강한 이가 그라고는 하지만 먼저 마스터가 된 선배들이자 군에서도 인망이 자자한 두 사람에게 함부로 대할 수는 없는 노릇이었다.

"오랜만이군, 엘레산 단장. 그대가 왔으니 한숨을 돌릴 수 있겠군. 제국의 서열 2위 기사인 아이반 페트릭은 정말 강하더군. 이런 말을 하기 민망하지만 확실히 나보다 강했어."

헬폰스 중장이 멋쩍게 웃으며 먼저 입을 열었다.

"엘카디스 후작 역시 정말 강했다. 제국의 엠파이어 기사단이 강하다는 것은 알고 있었지만 엘카디스 후작은 정말 상대하기 힘들더군. 거기다가 디스트로이어까지 있으니 전선을 유지하는 것에 모든 것을 쏟아부었다."

루제인 펠트 대장이 한숨을 내쉬며 설명했다.

"설명은 들었습니다만, 디스트로이어라는 병기가 그 정도로 강합니까?"

엘레산이 의아한 표정으로 되물었다. 경험해 보지 못했기에 그가 의아해하는 것은 당연했다.

"끔찍하지. 정말 우리 합중국의 마도공학 기술이 조금이라도 모자랐다면 우리는 끝장날지도 모를 정도의 그런 병기라네. 한 문을 막기 위해 10기 이상의 기간트들이 달라붙어야 하니 말이야. 그나마 별동대로 거의 대부분 파괴해서 요즘은 쓰지 못하고 있는 실정이지."

루제인 펠트 대장의 말에 엘레산은 고개를 끄덕였다.

"다행이군요. 반드시 저희는 승리를 해야 합니다. 중부 대륙에 있는 저들의 군대가 내려오면 저희로서는 감당하기가 힘듭니다. 자유무역연맹에서 본국이 너무 어이없이 세력을 잃어버리는 바람에."

엘레산의 말에 두 군인의 표정에 슬픔이 나타났다.

그들이 인정한 한 기사가 사망했다는 소식은 둘을 슬프게 만들기에 충분했다.

"루이딘 바리카 준장이 전사했다는 소식은 들었네. 제국의 마수로부터 달아난 리안느 왕국의 잔당이었다지? 기사왕이 있었다고 하니 어쩔 수가 없었지. 이 전쟁이 끝나면 그들에게 응징을 가해야겠지만."

헬폰스 슈트라 중장의 말에 두 사람이 고개를 끄덕였다.

현재는 제국과의 전쟁이 남아 움직이지 못하지만, 제국과의 전쟁이 끝나는 순간 응징을 하는 것은 당연한 수순이었다. 동부 대륙을 흡수하는 일에는 차질이 생겼지만 말이다.

"이런. 먼 길 온 사람을 너무 오래 붙잡고 있었군. 기사들과 함께 쉬게나."

루제인 대장의 말에 엘레산은 고개를 숙였다.

“배려에 감사드립니다, 각하. 그럼 이만.”

그 말을 끝으로 단원들의 막사가 모여 있는 곳을 향해 발을 옮기는 엘레산이었다.

제국군 진영.

합중국 공략 총사령관을 맡은 아이반 드 페트릭 공작은 현재 황제와 독대를 나누고 있었다.

—스승님은 정말 강하더군. 정말 상대하기 힘들었다네.—

카이젤 황제는 웃고 있었지만 아이반 공작은 전혀 웃지 못했다.

3명의 대마법사들과 함께 유일하게 로드 나이트와 황제 사이의 진실을 알고 있는 이가 바로 아이반 공작이었다. 하지만 그도 황제의 계획에 의심을 품고 있었다.

그로서도 단 한 번 이길 자신이 없는 로드 나이트였다. 아기였을 때부터 검을 든 아이반 공작이었지만 이기기는 커녕 제대로 맞상대할 자신도 없었다. 그런 로드 나이트를, 검을 든 세월이 자신의 절반 간신히 넘는 황제가 꺾은 것이다. 도저히 믿을 수 없는 신위였다.

그리고 그는 본능적으로 느꼈다. 황제는 그나 다른 마

스터들과는 다른 종류의 인간이라는 것을 말이다.

"그러면 그분이 직접 전선에 나서는 것입니까?"

—일단 계획은 그런데 언제 나설지는 확신을 할 수가 없군. 대마법사들이 정신을 제압했다고 생각했는데, 너무나 쉽게 정신을 되찾으려 하시더군. 그 덕분에 나도 그 곁에서 계속 폭주를 막고 있는 상황이지. 황제라 하기에는 약간 부끄럽지만 말이야.—

아이반 공작이 생각하기에는 전혀 부끄러운 일이 아니었다. 폭주하는 로드 나이트를 막을 수 있을 정도의 강함에 오히려 두려움을 느꼈다.

—세 명의 대마법사들과 그 휘하의 장로들이 모두 달라붙어 세뇌를 걸고 있다네. 그렇다고 백치가 되면 곤란하기 때문에 여러 마법을 적용하고 있는 노릇이지. 마법사들도 장담을 하지 못하기 때문에 나로서도 언제 스승님이 전선에 나설지 알 수가 없군.—

"굳이 나서실 필요는 없을 것입니다. 합중국의 두 마스터는 저나 엘카디스 후작이면 충분히 상대합니다. 오히려 저희들이 그들보다 강한 이 시점에서 꼭 로드 나이트를 쓸 필요가 있겠습니까?"

아이반 드 페트릭 공작의 말에도 일리가 있기 때문에

카이젤 황제는 고개를 끄덕였다.

—하지만 합중국이 마스터를 더 파견하면 이야기는 달라지지. 본국은 더 이상 마스터를 움직일 수 있는 상황이 아니라네.—

그 말에 의아한 표정을 짓는 아이반 공작.

그 의문을 이해했는지 카이젤 황제가 얼굴을 찌푸리며 다시 입을 열었다.

—긴급 첩보인지라 아직 대외적으로 퍼지지는 않았지만 중부 대륙이 제국의 손에서 벗어난 것 같더군.—

"네?!"

단 한 번도 감정을 제대로 드러내지 않는 공작이 경악할 정도의 이야기. 대륙에 아직도 제국을 상대할 세력이 남아 있었단 말인가?

—확신할 수는 없는 노릇이지만, 크로아 왕국이 움직여 리안느 왕국의 잔당 세력과 합류해 중부 연합으로 진격해 탈환했다 하더군. 칼레이 후작과 레이딘 후작은 전사했고 말이야.—

경악에 말을 잇지 못하는 아이반 공작.

—본래라면 빨리 끝내려고, 혹은 유희 삼아 스승님을 보내려고 했지만 더 이상은 그럴 여유가 없군. 현재 제

국에 남아 있는 군단은 마르카 후작의 서부 군단 하나밖에 없으니까. 그러니 스승님을 보내려고 하는 것이지.—

그렇게 위기 상황이라면 당연했다. 하지만 여전히 믿을 수 없는 것도 사실이었다.

—될 수 있으면 빨리 끝내게. 그리고 추가된 마스터의 존재에 대해 신경을 쓰는 것을 잊지 말고.—

"황제 폐하의 명을 받듭니다."

말을 마치며 고개를 숙이는 아이반 공작이었다.

(2)

전투는 다시 재개되었다.

합중국으로서는 빨리 제국군을 자국의 영토에서 밀어낼 필요가 있었고, 제국군은 황제의 명령을 받아 빨리 적을 격파해야 했다.

푸캉! 팡! 쿵!

수백 대에 이르는 거대한 기간트들이 집단전을 벌였다.

제국군 기사들의 실력이 더 높다고는 하지만 기간트

성능은 합중국이 더 우위였기 때문에 전투는 쉽게 끝나지 않았다.

거기다가 제국군이 아무리 무수한 공격을 가하더라도 합중국이 자랑하는 방패를 제대로 뚫지 못했다.

제국군의 주축은 아이반 드 페트릭 공작의 북부 군단과 서부 군단에서 차출한 일부 기간트들이었다. 하지만 가장 중심은 엘카디스 후작의 엠파이어였다.

엠파이어의 기간트들은 매우 성능이 우수했고, 기사들의 실력 역시 최고였기 때문에 이 엠파이어 기사단을 막지 못해 합중국의 기간트들은 힘겨운 싸움을 벌였다.

하지만 더 이상은 아니었다.

합중국도 최선이자 최강의 수를 내놓았기 때문이다.

"응?"

엘카디스 드 로람 후작은 자신의 본능에 위기감을 일으키는 상대를 바라보았다.

그의 기간트보다 성능이 더 우수해 보이고, 기사로서 자신과 동등한 능력을 가진 자.

기간트의 어깨에 새겨진 문양을 보고 엘카디스 후작은 오히려 미소를 지었다.

"오호라? 금십자 기사단을 파견한 것인가? 합중국도 크게 나오는군."

엘카디스 후작의 기간트인 베히모스의 전신에서 강렬한 투기가 뿜어져 나오기 시작했다.

"리안느 왕국의 기사단이 망한 이 시점에서 이제 최강의 기사단이 어느 쪽인지 가릴 필요가 있지. 엘레산 요르테, 그대라면 상대하기에 부족함이 없지."

중얼거린 엘카디스 후작은 환하게 미소를 지으며 달려들었다.

"엘카디스인가? 아아, 이번에야말로 결판내자는 것인가?"

어느 쪽이 더 우수한 기사단인지를 증명하는 싸움.

엘레산으로서는 결코 물러날 수 없는 싸움이었다. 기사단의 명예가 곧 단장인 자신의 명예이기 때문에.

엘레산 요르테의 기간트, 썬더 브레이커는 전신에서 투기를 맹렬하게 뿜어내며 베히모스를 향해 달려들었다.

두 기간트의 싸움은 처절하다고 불릴 수 있을 정도로 격렬했다.

난전 중에서도 확실히 서로를 인지하며 검을 날리는 두 기간트.

썬더 브레이커가 높게 도약하며 그대로 검을 내리긋자 베히모스 역시 검을 쳐올려 막아 냈다. 그러자 방패를 휘두르는 썬더 브레이커.

쾅!

"크윽!"

전신을 뒤흔드는 충격에 얼굴을 찌푸리는 엘카디스 후작.

재빨리 균형을 잡아 공격을 했지만 베히모스의 공격은 거대한 방패에 막혀 뚫지 못했다.

강력한 안티마나필드가 오러 블레이드의 힘까지 막아 낸 것이었다.

"합중국의 마도공학기술이 뛰어나다고는 들었지만 이 정도일 줄은."

하지만 불평도 잠시, 베히모스는 다시 매섭게 검을 휘두르며 썬더 브레이커를 공격하기 시작했다.

엘카디스가 엘레산을 상대로 접전을 펼치고 있는 반면, 아이반 드 페트릭 공작은 상당히 난처해진 상태였다. 설마 마스터 두 명이서 합공으로 자신을 상대할 줄은 꿈에도 몰랐기 때문이다.

그의 경지가 워낙 높은데다가 난전이라 장애물이 많았기 때문에 겨우 동등하게 두 마스터를 상대할 수 있었다.

아이반 드 페트릭 공작의 기간트, 드래곤 플레임은 끊임없이 두 기간트를 향해 검을 휘둘렀다.

"저런 괴물 자식."

하지만 상대하는 헬폰스와 루제인 입장에서는 상대가 괴물로 보였다.

마스터가 체면을 무시하고 합공을 했는데도 이렇게 대등하게 싸울 줄은 그들로서는 꿈에도 몰랐다.

헬폰스 중장의 블루 바이퍼와 루제인 대장의 화이트 유니콘은 더욱 처절하게 공격을 해야만 했다.

승부의 추는 점점 합중국 쪽으로 기울어졌다.

그도 그럴 것이 금십자 기사단이라는 최강의 원군을 받은 합중국과 달리, 제국군은 그 어떤 원조도 받지 못했으니까.

전력이 거의 동등한 시점에서 금십자 기사단이라는 원

군을 받은 합중국은 제국군을 밀어붙이기 시작했고, 제국군의 대오는 점차 무너졌다.

거기에다가 합중국 군의 집단 방진이 그 효과를 보이기 시작하자 제국군의 붕괴 속도는 더욱 빨라지기 시작했다.

상황이 나쁘다는 것을 파악한 아이반 공작은 이를 악물었다.

7인의 기사의 한 자리를 차지한 이로서 명예롭지 못한 후퇴를 외쳐야 하는 것이 치욕스러웠기 때문이다.

하지만 그가 후퇴를 외치지 않으면 제국군은 완전히 무너져 버릴 정도로 큰 위기였다. 곧 로드 나이트가 오는 것을 알고 있는데 굳이 위험을 자초할 필요가 없었다.

—전군 후퇴하라! 후퇴하라!—

강력한 오러 블레스트를 날리고 외치는 아이반 공작. 그 말을 들은 엘카디스 후작은 얼굴을 찌푸리며 뒤로 물러날 수밖에 없었다.

—다음에는 끝을 보겠다, 엘레산!—

그 말을 끝으로 엘카디스 후작도 물러나기 시작했고, 제국군도 질서 있게 후퇴를 하기 시작했다.

후퇴하면서 질서를 되찾는 제국군을 기가 막히다는 얼굴로 바라본 엘레산은 추격을 포기했다.

그리고 그 이후, 제국군은 기존의 진영을 버리고 더 북쪽으로 후퇴하기 시작했고 이에 탄력을 받은 합중국군은 완전히 제국군을 합중국에서 쫓아내는 데에 성공했다.

그즈음, 중부 대륙이 완전히 제국의 손에서 벗어났다는 소식이 대륙 전체를 강타했다.

(3)

'크로아 왕국군과 중부연합왕국 중 유일하게 살아남은 리안느 왕국이 제국에게 승리했다.'

제국이 패배했다는 소식은 그야말로 동부 대륙을 제외한 전 대륙을 충격에 빠지게 만들 정도로 강력했다.

거기에 제국이 자랑하던 7인의 기사 중 무려 두 사람이 전사했다는 소식은 더욱 큰 충격을 주기에 부족함이 없었다.

대륙은 혼란의 늪에 빠져들었다.

"제국을 이겼단 말인가?"

라스드 피에타 수상이 경악하며 자리에서 벌떡 일어났다.

외교부 장관 역시 놀란 얼굴인 것은 마찬가지였다.

이렇게 되면 외교 정책 자체를 뜯어고쳐야 하기 때문이다. 제국을 이긴 국가를 홀대할 수는 없는 노릇이었고, 침략하는 것은 미친 짓이었다.

"어쩔 수 없군. 제길, 일단 화의 조약을 맺을 외교관들을 준비하게. 제국과의 싸움이 아직 끝나지 않은 이 시점에서 저들이 우리에게 이빨을 드러내면 본국은 끝장이다!"

"알겠습니다, 수상 각하!"

외교부 장관이 허겁지겁 집무실을 빠져나갔다. 그로서는 준비해야 할 것이 산더미처럼 쌓여 있었기 때문이다.

홀로 남은 리안느 왕국과의 조약도 다시 체결해야 되지만, 가장 중요한 것은 크로아 왕국이었다.

현재 제레미아 제국이나 타이렌 합중국은 전력의 절반 정도 상실한 상태였다.

그런 상태에서 대략 300기의 기간트를 가진 크로아

왕국이 어느 한쪽 편을 들게 된다면 적이 된 국가는 바로 멸망이었기 때문에 결코 홀대할 수가 없는 상황이었다.

수정구 안의 카이젤 황제는 편안한 자세로 앉아 있었다,

—잘해 줬더군. 안 그러한가, 아이반 공작, 엘카디스 후작?—

황제의 질책 아닌 질책에 두 사람은 고개를 숙였다.

로드 나이트가 오기 전까지 버티지 못하고 국경 밖으로 물러난 것은 분명 그들의 불찰이었기 때문이다. 패장에게 더 이상 할 말이 있을 리 만무했다.

—뭐, 합중국이 내 생각보다 훨씬 빨리 금십자 기사단을 투입했더군. 크로아 왕국군이 중부 대륙의 제국군을 박살 내기로 사전에 협의가 되어 있었던 것 같다.—

그렇지 않으면 합중국이 금십자 기사단을 그렇게 빨리 전선에 투입할 수가 없었기 때문이다.

제국군의 참모들도 모두 그렇게 현재 상황을 판단하고 있었다.

"정녕 그 정보가 사실이란 말씀입니까, 폐하?"

엘카디스 후작이 믿을 수 없다는 어조로 되물었다.

합중국 군도 아닌 패배해 찌꺼기밖에 남지 않은 리안느 왕국과 동부의 변방국인 크로아 왕국 따위에게 위대한 제국이 패배하다니, 그들로서는 결코 믿을 수 없는 소식이었다.

이는 아이반 공작 역시 마찬가지였다.

하지만 황제는 그런 두 사람의 심정과 달리 웃고 있었다.

—오히려 재미있지 않나? 대륙 최강이라고 생각했는데, 시작하자마자 막힐 줄이야. 웃겨서 말이 나오지 않는군.—

황제는 웃었지만 수정구 건너편에 있는 두 사람에게는 치욕의 시간이었다.

최강이라 불리던 그들이 패배를 했으니 자존심이 많이 상한 것이다.

거기다가 황제의 미소에 담긴 분노를 읽지 못할 정도로 그들은 둔하지 않았다.

—로드 나이트의 조정이 끝났다. 오늘 바로 그대들에게 보낼 터이니, 내일부터 다시 진격을 하도록. 더 이상의 패배는 용납하지 않겠다.—

"황제 폐하의 명을 받듭니다."

두 사람이 왼쪽 가슴에 주먹을 대며 외쳤다.

그들로서도 더 이상의 패배를 겪느니 차라리 스스로 목에 검을 꽂는 것이 나은 상황인 것이다.

수정구를 통해 대화를 끝낸 황제는 손을 휘둘러 마법사에게 물러가라 표시하자 마법사들이 황급히 나갔다.

드넓은 대전 안에는 오직 카이젤 황제 한 사람이 앉아 있었다.

"정말 기분이 좋지 않았는데 제대로 한 건 해 주는군, 정복왕."

한 번도 본 적 없는 작자이지만 왠지 모르게 신경 쓰이는 인간이었는데, 그 예감을 배신해 주지 않고 이토록 화려하게 일을 저질러 주니 분노하지 않을 수가 없었다.

쿠오오오!

거대한 기세가 그대로 대전을 가득 채우기 시작한다.

일전에 보였던 죽음의 기운.

투명했던 기세는 스스로 붉은색으로 물들기 시작하면

서 핏빛의 불꽃을 형성했다.

"한 번 정도 만나 볼 필요는 있겠군."

황제가 손을 거둬들이자 대전을 채웠던 기세가 순식간에 사라졌다.

그리고 황제는 자리에서 일어나 대전 밖으로 나가 어떤 황실 마탑을 향해 걸어갔다. 모든 마법사들이 고개를 숙였지만 황제는 무시하고 마탑의 지하로 내려갔다.

그리고 텔레포트 마법진을 통해 탑의 가장 아래로 내려갔다.

그곳에는 3명의 대마법사와 7명의 장로들이 지친 얼굴로 서 있었고, 한쪽에는 전신이 검은 갑옷으로 덮인 기사가 차가운 기세를 내뿜은 채 서 있었다.

계속 일어났던 로드 나이트의 폭주를 너무나 가볍게 막은 황제.

하지만 그 처참한 상황을 증명하듯 가장 아래층의 상황은 말로 표현할 수 없을 정도로 엉망이었다.

황실 마탑의 모든 마법사들이 일을 포기하고 강화 마법진을 해서 이 정도였지, 안 그랬면 탑이 무너질 수가 있을 정도였다.

그렇게 황실 마탑의 모든 것을 쏟아부어 오늘에서야 완

전히 로드 나이트의 세뇌 및 조정이 완벽하게 끝났다.

"폐하, 완벽하게 조정이 끝났사옵니다. 거기에 기간트 로드 나이트 역시 최고의 기술로 완벽하게 재탄생했으니 이제부터 전장에 나설 수 있습니다."

대마법사 펜드릴 아론이 웃으면서 말하자 황제 역시 웃으며 로드 나이트, 이제는 흑기사가 된 자신의 스승을 바라보았다.

전신은 검은 갑옷으로, 얼굴은 검은 투구로 가려져 있어 누구인지 알 수 없지만 그 존재감만으로도 어지간한 기사들을 짓누를 수 있을 정도였다.

"이것으로 합중국과의 지루한 싸움을 끝낼 수 있겠지. 기간트가 원하는 대로 나오지 않는다는 것은 알고 있지만 그대들은 속히 기간트들을 생산하도록. 전력을 너무 상실해 대륙일통에도 방해가 되고 있으니 말이야."

"황제 폐하의 명을 받듭니다."

그렇게 마법사들은 쉬지도 못하고 다시 격무에 시달리게 되었다.

(4)

로드 나이트가 합중국 국경으로 파견된 지 일주일 후, 제국군은 전력을 완전히 추스르고 다시 합중국을 향해 진군을 개시했다.

이미 기존의 합중국 요새들은 제국에 의해 완벽하게 무너진 상황.

양측의 국경이 맞닿아 있는 대평원에서 다시 한 번 양국의 군대가 격돌했다.

콰콰쾅!!!

10문의 디스트로이어에서 파멸의 빛이 뿜어져 나왔다.

본래 더 많았지만 합중국의 별동대에 의해 거의 파괴되고 남은 것은 10문뿐이었다. 하지만 그 정도면 본래 요새 하나를 날려 버리기에는 충분한 위력이었다.

그 대상이 기간트들이라면 그 수가 아무리 많아도 거의 괴멸되는 것이 정해진 운명이었다.

하지만 그 운명에 저항을 하듯 기간트 두 대를 합친 것 같은 크기의 방패를 든 10기의 기간트들이 한 조가 되어, 무려 열 개의 조를 형성해 앞으로 나아갔다.

콰콰쾅!!!

거대한 방진은 힘들지 않게 파멸의 빛을 막아 냈다.

그것을 시작으로 양국의 기간트가 서로를 향해 다시 격렬하게 달려들었다.

합중국의 기간트 수는 200기. 그리고 제국군의 기간트 수는 180기로 엇비슷했다.

"알 수가 없군. 이길 수 없다는 것을 알고 있을 텐데 왜 공격을 다시 시작한 것이지?"

엘레산 요르테가 얼굴을 찌푸리며 제국군의 기간트를 향해 적의를 드러냈다.

그의 의지에 따라 썬더 브레이커는 착실하게 제국군의 기간트를 베었다. 하지만 엘레산 요르테의 의문은 전혀 사라지지 않았다.

디스트로이어의 효력이 거의 없다 해도 과언이 아닌 이 시점에서, 정면 공격으로는 제국군이 결코 합중국 군대를 이길 수 없었다.

난전을 추구하는 제국군과 달리 방진이라는 하나의 체제하에 일사불란하게 움직이는 합중국의 군대는 그 위력이 달랐다.

따라서 제국군이 정면으로 공격하는 것은 그야말로 자

살하는 것과 다름이 없었다.

그런데도 제국군은 결코 물러나지 않고 달려들었다.

그 점이 이해가 가지 않는 엘레산 요르테였다. 하지만 그런 의문을 품는 것도 잠시였다.

허공을 갈라 그에게 쇄도하는 푸른색의 오러 블레스트.

콰아앙!

새하얀 오러 블레이드를 형성해 오러 블레스트를 그대로 쪼개었다.

—엘카디스 드 로람.—

엘카디스 후작의 베히모스가 합중국의 기간트들을 물리치고 드디어 나선 것이다.

—오늘부로 끝장을 내야겠지. 안 그러면 좀 재미없는 일이 일어나니 말이야.—

엘레산 요르테로서는 알 수 없는 소리를 하며 달려드는 베히모스.

썬더 브레이커 역시 그런 베히모스를 향해 쇄도해 검을 먼저 휘둘렀다.

쾅! 쾅!

마스터들 간의 격돌이 다시 한 번 시작되었다.

멈추지 않고 서로를 베기 위해 모든 역량을 쏟아붓는

두 마스터.

난전 중에서도 두 기간트는 빛나고 있었다.

마나캐논과 같은 외부 병기는 일절 없이 오러 블레이드를 형성한 채 이루어지는 검과 검의 부딪힘.

난전임에도 방해되는 모든 것들을 베어 가며 그들은 부딪혔다.

검은 필살의 의지가 담겨 휘둘러지지만, 두 기사의 역량이 동급이었던 것인지 결코 쉽게 승부가 나지 않았다.

아니, 검술 자체로 따지면 엘카디스 후작이 더 위지만, 사기라 불리는 방패를 결코 넘어서질 못해 승부가 나지 않았다.

하지만 엘레산 요르테 역시 적을 몰아세우지 못하는 것은 마찬가지.

필연적으로 승부가 오래갈 수밖에 없는 구조인 것이다.

그러나 한쪽은 달랐다.

두 마스터를 상대하고 있는 아이반 드 페트릭 공작의 기간트 드래곤 플레임은 연신 뒤로 밀려났다.

지난 전투에서 협공을 했음에도 상대를 꺾지 못했다는

치욕에 두 마스터는 지난 전투를 분석했고, 최대한 난전을 방지하며 드래곤 플레임을 몰아붙였던 것이다.

"나도 아직 수련 부족이군."

아이반 공작이 얼굴을 찌푸리며 중얼거렸다.

하지만 누군가 이 말을 들었다면 어이가 없어서 욕을 퍼부었을 것이다.

그도 그럴 것이, 일반적인 마스터라면 아무리 자신보다 경지가 낮은 마스터일지라도 한 명 이상 상대하지 못한다. 필시 몇 합 버티지 못하고 그 목숨을 잃는 것이 정상.

지금 이렇게 버틴 것만으로도 아이반 공작의 검술 역시 이미 마스터로서 극에 달했다고 할 수 있다.

쉬에엑!

하지만 극에 달한 것과 극을 뛰어넘은 것은 하늘과 땅 차이.

두 명의 마스터를 상대로 이기는 것은 불가능하다. 그 결과를 증명하듯이 두 마스터의 협공 속에 드래곤 플레임의 장갑 여기저기에 상처가 늘어났다.

"어쩔 수 없는 것인가?"

우우우웅!

자색의 오러 테라토리를 펼치며 두 마스터의 기간트와 거리를 벌렸다.

결계와 같은 자색의 장막 속에서 드래곤 플레임이 서 있었다. 하지만 자색의 장막은 역동적으로 움직이며 두 기간트를 향해 쇄도했다.

자신들의 경지에서는 할 수 없는 기예를 보면서도 두 기간트는 물러서지 않고 자색의 장막을 베어 나갔다.

이렇게 광범위한 공격은 오러의 밀도를 떨어뜨리기 때문에 오러를 극도로 압축시킨 오러 블레이드를 이기지 못했다. 거기에 기간트를 전부 가리는 거대한 안티마나필드가 새겨진 방패 역시 오러 테라토리의 위력을 약화시켰다.

아무리 아이반 공작이 뛰어난 기예를 보이더라도 그것은 패배를 잠시 늦추는 것일 뿐, 결코 이길 수 없는 것이다.

그리고 그 사실을 아이반은 이전과 달리 받아들이기로 결정했다.

콰앙!

드래곤 플레임이 엄청난 마나가 실린 검을 내리긋자 거대한 폭발이 일어났고, 그 충격파에 두 기간트가 밀렸다. 그리고 드래곤 플레임은 뒤로 도약해 거리를 벌렸다.

"어쩔 수가 없군. 정말로 이럴 수밖에 없다는 것이."

알고는 있었지만 제국군은 뒤로 밀렸다. 디스트로이어가 받침이 되지 않는 제국군은 집단 전투에서 밀리는 것이 당연하다는 듯이 허무할 정도로 밀리고 있었다.

요컨대 집단 방진은 한 기를 여러 기의 기간트가 공격하는 것이었다. 마스터가 아닌 이상 이런 공격을 버티는 것이 힘이 들겠지.

그 사실을 진작 깨닫고 있던 그였다. 그리고 그 고집을 버릴 때가 왔다.

아이반 공작은 두 기간트를 바라보며 자신의 기간트 한 쪽에 달려 있는 장치를 손에 쥐고 그것을 눌렀다.

그것은 검은 악마를 전장에 부르는 소환 의식과 같았다.

쿠오오오오!!!!!!!

제국군 진영에서 단 한 기 남은, 아무런 장식 없이 검기만 한 기간트의 마나 싸이트에 검은 빛이 뿜어지는 것과 동시에 인세에서는 도저히 있을 것 같지 않은 압도적인 기세가 뿜어져 나왔다.

그것만으로 기존의 제국군 진영은 완전히 황폐화되고 말았다.

쿠오오오오!

검은 기간트를 구속하고 있던 족쇄들이 하나둘씩 풀리기 시작하고, 검은 기사의 광폭한 본성이 유감없이 나타났다.

그리고 엄청난 속도로 달리기 시작하는 검은 기간트.

검은 기사 형상을 한 악마가 드디어 전장에 강림한 것이다.

(5)

쿠오오오!

전장에서 멀리 있는 기세였지만 마스터들이 느끼기에는 충분했다.

엘레산 요르테는 그 말도 안 되는 기세를 내뿜어 낸 존재를 느끼며 경악했다. 그리고 엘카디스 드 로람 후작은 한탄했다. 그리고 뒤로 물러나는 베히모스.

"부른 것인가? 불러야 할 상황이었다는 것은 맞지만 씁

쓸하군."

이런 식의 승리를 원하지는 않았지만 아이반 공작으로서는 어쩔 수 없는 선택이었다는 것을 엘카디스 후작은 이해했다. 그렇다 할지라도 마음 한구석에서 반발이 이는 것은 천생 기사인 그로서는 당연한 마음이었을 것이다.

—엘레산 요르테, 그대에게 충고하겠다. 후퇴해라. 전군을 이끌고 후퇴해라. 그대가 이제부터 봐야 할 존재는 결코 상대할 수 없는 그런 종류의 적이다.—

이해할 수 없는 엘카디스의 말에 엘레산 요르테가 얼굴을 찌푸렸다. 무슨 상황인지는 알 수 없지만 자신마저 떨게 만들 정도의 기세가 제국에서 나왔다는 것을 이해했다.

—무슨 소리냐, 엘카디스 드 로람!—

하지만 엘카디스 후작은 더 이상 답할 시간이 없었다.

아이반 공작이 부른 것은 과거에 존경했던 기사지만 지금은 이성을 상실한, 말 그대로 전투에 최적화된 최악의 악마.

적도 아군도 구별하지 않는, 디스트로이어를 뛰어넘는

최강의 병기이자 형태를 지닌 재앙이었다.

저 존재를 부르는 것과 동시에 제국군은 후퇴를 해야 했다.

—이것이 마지막으로 하는 말이다. 도망쳐라.—

그 말을 끝으로 제국군이 질서 있게, 하지만 급하게 후퇴하기 시작했다.

갑작스런 제국의 후퇴에 합중국의 세 마스터가 한자리에 모였다.

—도대체 무슨 일이 일어난 것인가?—

—알 수 없습니다. 하지만 엘카디스 후작은 저에게 후퇴를 하라고 말했습니다.—

헬폰스 중장의 말에 대답을 하는 엘레산.

—후퇴라…… 방금 느껴진 기세는 정말 두려움을 주더군. 마스터의 경지에 오른 후, 이 정도까지 두려움을 주는 상대를 만나는 것은 처음이었다.—

루제인 대장의 말에 모두들 기간트 안에서 고개를 끄덕였다. 그들이 느낀 것은 도저히 말로 표현할 수 없는 그런 종류의 기세였기 때문이다.

그때였다.

콰앙!

최전선에 나가 있던 기간트 6기가 갑작스럽게 폭발했다. 하지만 세 명의 마스터는 그것이 말도 안 될 정도의 힘이 집약된 오러 블레스트라는 것을 깨달았다.

—전부 전투 준비! 방심하지 마라!—

갑작스런 아군의 파괴에 합중국의 모든 기간트들이 방패로 기간트 전부를 가리며 적의 습격에 대비를 했다.

—물러나라!—

세 명의 마스터가 동시에 외치며 각자 할 수 있는 최선의 힘을 쏟아부어 총 10개의 오러 블레스트를 쏘아 보냈다.

콰콰콰쾅!!!

무언가 보이지 않는 힘에 부딪혀서 소멸을 하는 오러 블레스트.

세 명의 마스터는 이제까지 단 한 번도 느끼지 못한 공포를 느끼며 적을 바라보았다.

기간트는 단 한 기였다.

아무런 장식도 되어 있지 않은 말 그대로 검은색으로만 이루어진 기간트 한 기.

단 한 기의 기간트가 내뿜어내는 기세가 세 명의 마스

터가 포함된 합중국 전체의 짓누를 정도로 강하다는 것이 문제라면 문제였지만 말이다.

마스터라는 존재가 대단한 것은 맞지만 어느 정도는 상식이라 할 수 있었다.

아무리 강하고 압도적인 힘을 가지고 있지만 언젠가 나도 노력하면 되겠지, 라는 희망을 품을 수 있게 만드는 존재가 바로 마스터이다.

하지만 눈앞의 기간트와 라이더는 달랐다.

그저 보는 것만으로 절망을 느끼게 하고 마음을 두려움으로 잠식하게 만들었다. 마스터도 뭣도 아닌 그야말로 상식 밖의 존재인 것이다.

그제야 엘레산 요르테는 엘카디스의 말을 이해했다. 저것은 이길 수 없다는 것을.

세 명의 마스터들은 말을 하지 않고 검은 기간트를 바라보았다.

굳이 말을 하지 않더라도 싸워야 된다는 것을 이해하고 있었고, 그들 세 명으로는 상대가 되지 않는다는 것도 이해했다.

―거대 방패를 든 조들은 우리를 따라 저 기간트를 공격한다!―

루제인 대장이 크게 외쳤고, 그 말을 끝으로 세 명의 기간트가 검은 기간트를 향해 돌격했다.

쿠오오오!

검은 기간트, 다크니스의 마나 드라이브가 엄청난 속도로 회전하며 세 기간트를 향해 달려들었다.

콰아아앙!

그리고 단 일격에 세 기간트가 밀려났다. 그러나 아무도 놀라지 않았다. 규격 외의 존재가 상식 밖의 능력을 보여도 굳이 놀랄 일은 아니었다.

그 틈을 타서 10기의 기간트들이 달려들었다.

사방에서 방패를 세워 압력을 가해 짓누르는 전법.

하지만 검은 기간트가 무심하게 허공을 향해 검을 휘두르자 디스트로이어까지 막은 거대한 방패가 그대로 박살나며 기간트 한 기를 파괴했다.

여기서 이것을 이해할 수 있는 라이더는 없을 것이다. 이 공격이야말로 공간과 함께 모든 것을 베어 버리는 그랜드 마스터의 공격이라는 것을 말이다.

다시 전장에 달려드는 세 명의 마스터.

전신의 모든 마나를 끌어 올려 최강의 오러 블레이드를 만들며 다크니스를 향해 달려들었다. 거기에 다크니스의 움직임을 봉쇄하기 위해 달려드는 합중국 기간트들.

쿠오오오!

포효하는 것과 같은 기세를 내뿜으며 검을 휘두르는 다크니스.

오러 블레이드를 형성하지 못하는 이들은 너무나 허무하게 베여 나갔다.

안티마나필드가 이루어진 방패도, 오러가 실린 검도 허무하게 잘리고 본체가 분리되어 땅에 떨어졌다.

합중국이 자랑하는 방진은 다크니스 앞에서는 그야말로 무력 그 자체였던 것이다.

달려들면 죽는다는 것을 알면서도 합중국의 기간트들은 쇄도해 다크니스에 압력을 가했다. 최대한 움직임을 막아 그들이 자랑스럽게 여기는 합중국의 마스터들에게 공격을 가할 기회를 주기 위해서.

그 뜻을 알고 세 명의 마스터들은 그야말로 모든 힘을 다해 검을 휘둘렀다. 방패로 짓누르기 위해 쇄도하는 기간트들은 마나캐논을 가까이서 연사했다.

우우우우웅!

그러나 전부 닿지 않았다.

무형의 장막이 펼쳐지며 공격을 전부 막을 뿐만 아니라 그야말로 비단과 같이 합중국의 기간트들을 휘감으며 잘라 버렸다.

콰아아앙!

단 일격에 10기의 기간트가 흔적을 남기지도 못하고 모조리 파괴되었다.

믿을 수 없을 정도의 힘.

"하앗!"

엘레산이 한계까지 마나를 뽑아 올리자, 썬더 브레이커의 주변으로 거대한 푸른 장막이 형성되며 무형의 장막을 막아 내기 시작했다.

우우웅!

그것을 시작으로 두 마스터의 기간트와 합중국의 기간트가 더욱 빠른 속도로 검은 기간트를 밀어붙이기 시작했다. 그야말로 가지고 있는 모든 것을 쥐어짜 낸 공격들이었다.

검은 기간트의 공격은 두 마스터의 기간트 협공으로 막히고, 그사이 다른 기간트들이 방패로 짓누르고 빈틈을 향해 오러가 실린 검을 찔러 넣었다.

그렇게 상처가 누적되는 다크니스.

그렇게 합중국의 기간트가 선전할 때였다.

우우웅!

무형의 장막이 점차 검게 물들어 가기 시작하더니, 이윽고 투명한 검은색을 형성하였다.

그랜드 마스터의 경지가 완숙해졌을 때 무형의 힘에 다시 본래의 색이 더해지는데, 지금 그 힘이 다크니스로부터 나온 것이다.

콰아아앙!

엘레산의 오러 테라토리가 순식간에 파괴되고 썬더 브레이커가 그 충격으로 튕겨졌다.

"커헉!"

거의 1km 가까이 날아간 썬더 브레이커는 이미 기간트의 거의 모든 부분이 파괴되거나 찌그러져 있었고, 해치 안도 완전히 일그러져 엘레산을 조이고 있었다.

그뿐만 아니라 마나 드라이브까지 파괴, 썬더 브레이커는 완전히 침묵했고 엘레산 역시 의식을 잃었다.

세 명의 마스터 중 한 사람이 침묵하자 다크니스의 힘이 점차 강해지기 시작했다.

쿠오오오!

검은 오러의 회오리가 그대로 합중국 군의 기간트를

집어삼켰고, 순식간에 모인 모든 기간트들이 파괴되었다.

콰콰쾅!

더 이상 다크니스는 검을 휘두르지 않았다. 그저 가만히 서 있는 것만으로도 요동치는 회오리가 거리를 벌렸고, 기간트들을 집어삼켰다.

"네놈!"

헬폰스가 분노하며 외치자, 기간트의 마나가 그의 몸으로 흘러 들어오기 시작했다.

기간트와의 공명을 통해 생명력과 마나를 합일시켜 강력한 힘을 내뿜는 동귀어진의 비기.

일시적으로 경지까지 올려 줘 헬폰스의 기간트의 오러 블레이드는 무색이었다.

루제인 역시 이 비기를 꺼냈고, 무색의 오러 블레이드를 휘둘렀다.

콰아아앙!

하지만 검은 회오리는 깨지지 않았다.

이 힘이야말로 그랜드 마스터의 가장 순수한 힘. 두 사람이 아무리 노력한다 할지라도 결코 얻을 수 없는 힘이기도 했다.

콰콰콰!!!

압력을 버티지 못한 두 기간트의 전신이 여기저기 터져 나가기 시작했다.

그리고 두 마스터의 노화가 빠르게 진행되어 밀려 나가기 시작했다.

마스터의 강인한 생명력을 빠르게 소모시킬 정도로 다크니스의 힘이 대단했던 것이다.

콰아아앙!

헬폰스와 루제인이 마지막으로 본 것은 검은 파도가 그들을 집어삼키는 광경이었다.

그것을 끝으로 합중국의 두 마스터는 생명을 잃었다.

대장을 잃고도 혼란스럽지 않고 달려드는 합중국의 기간트들이었지만 무의미했고 어쩔 수 없이 퇴각을 할 수밖에 없었다.

그날, 다크니스라는 한 기간트가 단 하루 동안 마스터 3명을 포함해 69기의 기간트를 완파시켜, 기간트가 나온 이래 가장 압도적인 기록을 세웠다.

합중국 군대는 눈물을 머금고 후퇴를 계속했고, 이에 제국군은 파상적인 공세를 선보였다.

그 이후로 다크니스는 출격하지 않았지만 이미 합중국 군은 제국을 상대할 능력을 거의 다 상실했고, 수도까지의 영토를 겨우 나흘 만에 모조리 장악당하고 말았다.

그나마 합중국에게 약간의 희망적인 소식이 있었다면, 엘레산 요르테가 죽지 않고 합중국의 수도로 합류했다는 것 단 하나뿐이었다.

42장

무너지는 합중국 2

(1)

"믿을 수가 없군."

라스드 수상은 수도를 포위하고 있는 제국의 기간트들을 보며 중얼거렸다.

제국이 강하다는 것은 알고 있었지만 합중국을 이렇게까지 몰아붙일 수 있을 정도의 나라였을 줄은 꿈에도 몰랐다.

이래서야 전쟁을 선언한 자신이 매우 웃기다고 생각될 정도였다.

현재 합중국 수도에 있는 기간트의 수는 총 71기. 반면 제국은 아직까지 150기 이상의 기간트를 자랑하고 있었다.

이제는 디스트로이어를 막기도 매우 힘든 실정이었다.

“엘레산 요르테 단장의 상태는 어땠느냐?”

자신의 비서이자 막내아들인 네이르 피에타를 바라보며 묻는 라스드 수상에, 네이르의 얼굴이 어두워졌다.

“3개월 이상 요양해야 합니다. 마나가 역류하면서 몸이 많이 상했기 때문에. 그분이 마스터였기 때문에 그 정도지, 다른 기사들이라면 이미 몸이 폭발할 수도 있는 그런 부상입니다.”

“그럼 이제 남은 마스터는 가이 로웨린 경뿐인가? 뭐 이제 와서 마스터의 의미가 뭐가 있겠냐만.”

세 명의 마스터가 달려들어도 이기지 못했는데 남은 한 명으로는 어쩔 수 없었다. 물론 그 이후에 전장에 나오지 않고 있지만 그것은 나올 필요가 없기 때문이라는 것을 잘 알고 있었다.

적의 총사령관과 부사령관은 7인의 검 중에서도 가장 강한 아이반 공작과 엘카디스 후작이었다.

그랜드 마스터를 바라보고 있다는 두 마스터에 비해 가

이 로웨린 경은 이제 막 마스터에 오른 신예였다. 완숙함을 넘어서 극에 다다른 두 마스터에 비하면 모자람이 있을 수밖에 없었다.

"내 대에서 합중국이 멸망할 줄은 몰랐군."

그 말에 네이르의 안색이 굳어졌다.

"각하답지 않을 말입니다."

"그런가? 하지만 이제 와서 무슨 수가 있는 것도 아니지 않는가?"

자조 어린 미소를 짓는 라스드 피에타 수상. 본래 나이가 많았지만 요 며칠 사이에 죽어 가는 노인처럼 보일 정도로 심력을 많이 소모한 상태였다.

합중국의 영토 절반 이상이 점령당한 상태.

중부 대륙의 국가들처럼 대량 학살을 하지 않았다는 것이 다행이라면 다행이었다.

"크로아 왕국에게 지원을 하지 않았습니까? 저들 역시 본국이 망하면 남은 것은 자신들이라는 것을 알고 있으니 분명 지원을 해 줄 것입니다."

자신의 아버지가 약한 소리를 하자 네이르가 자신감 있는 어조로 말을 했다. 그러자 대견하다는 눈으로 자신의 아들을 바라보는 라스드 수상. 비서이기는 하지만 언젠가 자신의 지역구를 물려받을 아들이었다.

군에 대해 전혀 모르는 그와 달리 자청하여 사관학교로 가 기간트 조종술을 배우고 졸업한 뒤, 다시 대학으로 가서 정치학을 전공한 자랑스러운 아들. 현재 24살로 국민들에게도 꽤 인기가 있었다.

크로아 왕국에게 지원을 요청할 수 있었던 것도 다 네이르의 조언 덕분이었다.

"네 요청은 분명히 합당했고 참모부들도 인정했지만, 참모부들이 걱정하는 것은 크로아 왕국군이 제 시간에 도착할 수 있냐는 것이다. 중부 대륙이나 동부 대륙에서 출발을 하더라도 남부 대륙 중에서도 최남단에 있는 이곳까지는 빨리 달려도 대략 일주일은 걸린다."

그 말에 네이르는 입을 다물었다. 이제 보낸 지 이틀이 지났으니 아직 5일은 더 기다려야 한다는 말이었다.

그러나 지금 상대해야 할 제국의 군대는 바로 눈앞에 있었다. 과연 5일 동안 제국의 파상적인 공세를 막을 수 있을지 네이르는 자신하지 못했다.

"각하."

그때 네이르와 비슷한 얼굴을 가진, 다소 평범한 얼굴을 가진 금발의 청년이 걸어왔다.

그가 바로 27살의 나이로 마스터가 된 합중국의 천재가이 로웨린이었다. 현재 나이는 29살이며 준장으로 5인의 별 중에서 가장 어렸고 경험도 부족했다. 하지만 천재성만 따지면 엘레산 요르테와도 비견되는 남자.

"아, 로웨린 경. 어쩐 일이오?"

"수성 준비가 모두 완료되었습니다. 시민들의 대피도 모두 완료되었습니다. 현재 수도에는 시민들을 이끄는 관료나 군인들을 제외한 모든 관료들과 군인들만 남았습니다."

"수고하셨습니다, 로웨린 경. 마스터인 그대가 지휘하기에는 하찮은 일이지만, 현재 불안에 떨고 있는 시민들을 안정시키기 위해서 그대가 필요했습니다."

미안하다는 듯 쓴웃음을 짓는 라스드 수상이었지만 가이 로웨린은 고개를 저었다.

"잘 알고 있습니다, 각하. 부족한 제가 그렇게나마 도움이 된 것을 다행이라 생각하고 있습니다."

5인의 별 중 무려 세 명이 전사하고 한 명이 중상을 입었지만 그래도 5인의 별이라는 이름은 시민들에게 위안을 줄 수 있었다. 그렇지 않았다면 정든 고향을 떠나야 하는 시민들이 폭동을 일으킬 수도 있었으니 말이다.

"그렇게 생각해 준다면 저는 고맙지요."

라스드 수상은 그렇게 작게나마 미소를 지었다. 준장에 불과하지만 모두의 의견이 일치하여 현재 수도에 있는 합중국의 군대를 이끄는 총사령관의 자리에 올랐다. 하지만 가이 로웨린은 궂은일을 하는 것을 마다하지 않았다.

"경은 나가서 싸우고 싶다는 것을 잘 알고 있는데 그것을 실현시킬 능력이 저에게 없다는 것이 아쉽군요."

"검사로서의 저는 분명 적들의 총사령관과 검을 나누고 싶습니다만, 군인으로서의 저는 수성에만 집중해야 한다는 것을 알고 있습니다. 그리고 이런 말을 하기에는 가슴 아프지만 저는 아직 제국의 두 마스터에 비하면 부족합니다."

여전히 표정 한 번 바꾸지 않고 사실을 담담히 말을 하는 가이 로웨린.

이미 두 사람도 알고 있는 사실이었기 때문에 딱히 놀라지는 않았으나 그래도 안타까운 건 어쩔 수가 없었다.

"선조님들이 수도의 성벽에 철저하게 강화 결계를 쳐 준 것을 감사히 여겨야겠군요. 전설의 드래곤 브레스도 이것을 뚫을 수 없다고 하니 디스트로이어에 박살 날 일은 없겠군요."

절망이 9할이지만 희망 역시 1할은 남아 있긴 했다. 현재도 마법사들이 모조리 달려들어 성벽의 결계를 강화하고 있었다.

디스트로이어라 할지라도 몇 십 번은 두들겨야 깰 수 있을 정도로 단단하게. 지방에 있는 마법사나, 아직 한 사람의 몫도 할 수 없는 마법사들까지 모조리 끌고 모았으니 성벽이 무너지기는 힘들었다.

그것을 희망 삼아 제국군을 바라보는 세 사람이었다.

그 시각, 제국군 진영.

"커헉."

"크악!"

아이반 공작과 엘카디스 후작이 동시에 튕겨져 나갔다.

그들이 상대하고 있는 것은 바로 폭주한 흑기사. 시간이 지날수록 점점 더 광폭해지는 흑기사를 달래기 위해서 두 마스터가 나섰지만 나날이 피해만 커지고 있는 실정이었다.

대현자들에게서 받은 마법 장치가 없었더라면 이미 흑기사의 손에 제국군이 박살 났을 것이다.

"제기랄!"

아이반 공작은 그답지 않게 욕설을 내뱉으며 마법 장치의 버튼을 다시 눌렀다.

—쿠오오오오!—

전혀 인간 같지 않은 포효를 하며 흑기사가 발광했다.

하지만 두 마스터의 오러 테라토리가 짓누르고 정신적 제약까지 받자 흑기사는 그제야 발광을 멈추고 완전히 침묵했다.

"빌어먹을 마법사 놈들. 위대한 무인을 이 꼴로 만들어 놨으면 통제라도 제대로 하게 만들어야지."

엘카디스 후작이 욕설을 내뱉으며 얼굴에 가득한 땀을 닦았다.

흑기사가 제대로 된 힘을 발휘하는 것도 아니건만 막는 데에 두 사람은 모든 힘을 다 써야 했다.

적아를 가리지 않고 날뛰는 최악의 인간 병기.

"저것이 과거 고대 유적에서 나온 유산인 겁니까?"

지금부터 15년 전, 북부 대륙에서 가장 깊숙한 곳에서 발견한 고대 유적.

기존의 유적에는 기간트 관련된 지식이 주였는데, 이곳에는 봉인된 흑마법의 지식이 잠들어 있었던 것이다.

오랜 시간이 지나면서 거의 모든 지식이 사라져 있었지만 대현자들은 몇 가지를 얻을 수 있었고 그 지식의 정화가 바로 눈앞의 흑기사였다.

그 당시 그 탐사를 지휘했던 것이 바로 아이반 공작이었기 때문에 그 지식이 어떤 것이었는지 대략 알고 있었다.

바로 세뇌와 강화였다.

비밀리에 전쟁 포로들을 대상으로 실험을 했지만, 대부분 세뇌 부분에서 정신이 분열했기 때문에 폐기되었다. 그리고 강화를 시도하면 보통의 인간은 도저히 버틸 수 없어 이 역시 폐기되었다.

그런 실험을 받을 수 있으려면 최소 마스터 이상은 되야 한다는 것이 마지막으로 내려진 결론이었다.

그러나 마스터가 이것을 받을 리가 없었으니 당연히 어둠 속으로 사라질 수밖에 없었던 것이다.

그런데 사정이 바뀌었다. 바로 실험 대상 때문이었다.

아이반 공작이나 엘카디스 역시 흑기사가 누구인지는 잘 알고 있었지만 그것을 알릴 수는 없었다. 그러면 자칫 제국 자체가 혼란에 빠질 수 있었기 때문이다.

대륙에서 가장 강한 기사가 이런 비참한 꼴이 되었다는 것을 누가 믿겠나.

그렇게 그랜드 마스터라는 사상 초유의 실험 대상으로 거의 완벽하게 실험을 성공시킨 것이다. '거의'가 붙은 이유는 하루에 한 번씩 발작을 일으켰기 때문이다. 그 때문에 초반에는 감시하던 마법사들과 기사들이 계속 죽어 나갔다.

그것을 알아챈 두 마스터는 어쩔 수 없이 이렇게 발작을 막으러 나설 수밖에 없었다.

그렇게 발작을 막은 두 사람은 다시 막사로 돌아갔다.

(2)

이미 제국군은 공성전을 위한 준비가 완벽하게 끝난 상태였고, 두 사람이 돌아와 명령을 내리면 끝이었다.

"공성전은 느긋하게 하게나. 굳이 기간트들을 돌격시키

지 않아도 디스트로이어로 두들기기만 해도 저들은 지칠 것이니."

아이반 공작의 말에 엘카디스 후작이 알겠다는 듯이 고개를 끄덕였다.

수도만 공략한다면 이 전쟁은 끝이었다. 합중국의 수도는 기간트 생산 시설의 60%를 비롯해 각종 경제 활동의 중심이었다.

이곳만 함락시키면 합중국은 완전히 저항할 능력을 상실하니 수도만큼은 반드시 함락해야 했고, 이미 그들이 이곳에 선 시점에서 승리의 반은 먹고 들어가는 것이었다.

"알겠습니다. 공작 각하는 여기에 남아 있으시길. 오늘은 제가 이끌겠습니다."

"그대만 믿겠네."

엘카디스 후작은 미소를 지으면서 자리에 일어났다.

전장에 나가는 기간트들은 총 100기.

황실근위기사단인 엠파이어 기사단을 비롯한 절반 정도는 현재 쉬고 있었다. 기사단장이기도 하지만 통솔력 역시 뛰어난 엘카디스 후작이었기 때문에 아이반 공작은 믿고 쉴 수 있었다.

그렇게 전투가 다시 시작되었다.

콰아아아아아앙!

대지를 가르는 파멸의 빛 10개가 성벽을 강타했지만 성벽은 파괴되지 않고 여전히 굳건히 서 있었다.

그것을 보며 얼굴을 찌푸리는 엘카디스 후작.

"여전히 말도 안 되는 마도공학 기술이군."

제국의 마도공학 기술도 뛰어나긴 했지만 아무래도 합중국보다는 모자란 면이 많았다. 디스트로이어를 방어할 정도의 결계라니, 그것도 1문도 아니고 10문이나 되는 디스트로이어를.

"뭐 상관없겠지. 마법사가 무한하지 않는 이상 계속 그런 결계를 유지할 수는 없다. 그리고 간간이 두들겨 주면 끝날 테지."

그렇게 여유로운 미소를 지으며 전투를 다시 바라보는 엘카디스 후작이었다.

타타탕!

끊임없이 기간트들과 가지각색의 마나탄들이 성벽을 향해 쇄도했다. 합중국 군 역시 이에 굴하지 않고 끊임없이 응사를 했다.

쾅!

합중국 군 기간트 한 기가 재수 없게 눈먼 마나탄에 얻어맞고 쓰러졌다. 먼 거리에서 쏜 마나탄인지라 위력이 그렇게 강한 것은 아니었지만 피격을 당한 곳이 워낙 절묘해 어쩔 수가 없었다.

이미 모두들 패배에 직면했다는 것을 알고 있었지만 결코 물러서지 않고 끊임없이 마나탄을 쏘았다.

제국군의 기간트가 적극적으로 나서지 않았기 때문에 피해는 없었지만, 라이더들의 정신적 피로는 그 자체만으로도 엄청났다. 그럼에도 묵묵히 방아쇠를 당기는 라이더들.

콰아아아아앙!

어느새 두 시간이 지나 충전된 10문의 디스트로이어가 다시 파멸의 빛을 내쏘았다.

—충격에 대비하라!—

지휘관들이 라이더들을 독려하며 외쳤고, 이에 따라 몸을 숙여 충격에 대비하는 기간트들. 이윽고 다시 한 번 거대한 충격이 그들의 전신을 강타했다.

콰콰콰쾅!

그렇게 다시 거대한 충격이 사라졌지만 여전히 성벽은

건재했다. 하지만 볼 때마다 느껴지는 본능적인 공포만큼은 도저히 억제할 수가 없었다. 그 정도로 미친 병기였기 때문이다.

"저런 징그러운 새끼들."

이제 대위에 오른 군인이자 라이더인 맥 켐프는 나지막하게 욕설을 내뱉으면서 마나캐논을 마구 쐈다. 합중국에서 특별히 개조한 기간트로 마나캐논이 무려 4문이 장착되어 있었고 그를 위해 마나 드라이브의 성능마저 완벽하게 끌어 올린 상태.

그런 기간트가 무려 15기나 있었지만 거리가 거리인지라 그렇게 전장에 큰 영향을 미치지는 못했다.

"철저하다 싶을 정도로 치사하게 나오는군, 제국의 개새끼들."

직접 자신의 기간트, 소닉붐을 타고 전투를 지휘하는 가이 로웨린이 치를 떨며 중얼거렸다. 이 전투는 완전히 합중국을 말려 죽이기 위해 일어났다. 그렇다고 제대로 대응할 수도 없고 그저 버티는 것만이 합중국이 할 수 있는 최선의 방법이었다.

그리고 수성을 하는 입장에서는 이러한 것이 가장 정신

적 피로도를 높이는 일이었다. 차라리 치열하게 싸우면 모든 것을 잊고 전투에 집중할 수 있지만, 이 전투는 라이더들의 정신부터 붕괴시키는 말 그대로 극악의 작전이었다.

"하다못해 엘레산 경만 있었더라도. 합중국 최강의 기사만 있었어도 저 무도한 엘카디스를 상대할 수 있었을 터인데."

하지만 이미 찬란했던 금십자 기사단의 위명이 무너지는 것과 함께 그는 부상자로 전락하고 말았다. 5명이 떠받치던 합중국의 기둥은 이제 그 하나밖에 남지 않았다.

—장군답지 않은 나약한 소리이십니다.—

프라이빗 통신으로 울리는 목소리.

그 역시 잘 알고 있는 남자였다. 라스드 피에타의 비서이자 막내아들인 네이르 피에타였다. 그가 전장에 지원을 한 것을 이미 알고 있었기 때문에 가이 로웨린은 쓴웃음을 지었다.

—그렇긴 하다만, 나 역시 한 명의 인간이기에 합중국이라는 지붕이 너무 무겁군.—

—그렇습니까? 하지만 그것을 짊어질 수 있는 사람은

장군뿐입니다.—

그 말을 끝으로 프라이빗 통신이 닫혔다.

"나 뿐이라…… 정말 힘들군."

타타탕!

소닉붐의 기간트에서도 마나탄이 뿜어져 나왔다.

첫날, 전투는 그렇게 지지부진한 상태에서 끝났다.

(3)

리안느 왕국 임시 수도, 리데인에는 현재 헤르매스 국왕뿐만 아니라 카젠트도 역시 함께 머무르고 있다고 알려져 있었다.

군사력이 거의 없는 리안느 왕국은 늘어난 영토를 다 지킬 여력이 없었고, 그런 리안느 왕국을 위해 카젠트가 친히 국가로 돌아가지 않고 남아 리안느 왕국의 영토를 수비해 주고 있었다.

틀린 말은 아니었다.

현재 기간트 생산 시설이 전무한 리안느 왕국을 위해, 이제는 크로아 왕국의 영토로 편입된 자유무역연맹에서는 전 알사스 왕국의 마법사들이 생산 설비를 빌려 열심히 리안느 왕국의 기간트를 만들고 있었기 때문이다.

그 과정에서 크로아 왕국과의 기술 교류가 있었기 때문에 크로아 왕국으로서도 만족스러운 거래였다.

물론 이것은 대외적인 사실이었고, 그 이면에는 다른 이유가 있었다.

현재 수비를 한다고 알려진 크로아 왕국의 기간트는 모두 제국의 국경선과 멀지 않은 곳에 위치하고 있었다. 카젠트와 헤르매스 국왕 역시 임시 수도가 아닌 이곳에 있었고 말이다.

그 이유는 바로 제국으로의 진격.

역사상 제국이 침입당한 적은 단 한 번도 없었다.

거의 몇 백 년이라는 시간 동안 제국은 침략하는 입장에서 타국을 공격했고, 그 영토를 흡수했다. 그 긴 시간 동안 제국은 최강이라는 이름을 굳건히 지켜 왔다.

하지만 지금 그 최강의 국가를 공격하려는 남자가 있었다.

보통 기간트보다 머리 하나 더 크고, 그 핏빛과 같은 붉은색으로 이루어진 기간트를 올라탄 채 그 남자는 제국의 국경선에 세워진 요새를 보았다.

"허술하군, 제국의 요새는."

한심하다는 듯이 말하자, 주변의 인물들도 모두 고개를 끄덕였다.

모인 사람들은 하나같이 대단한 사람들이었다. 카젠트를 비롯한 그래듣 마스터 두 명, 소드 마스터가 세 명.

일찍이 이런 강자들이 이렇게 모인 적도 없을 것이다.

"당연히 허술할 수밖에 없지. 저들은 단 한 번도 타국의 군대를 자신의 영토에 발을 들이게 한 적이 없으니까. 솔직히 제국의 대부분 요새들은 초기 기간트 시절에 그것들을 대비하기 위해 만들어진 것이야."

헤르매스 국왕이 웃으면서 설명을 해 주자 그제야 이해를 한 카젠트가 고개를 끄덕였다. 하지만 그의 얼굴에는 질렸다는 태도가 역력했다.

솔직히 초기 기간트라 하면 지금과 달리, 무기도 못 들고 그저 움직이고 팔이나 휘두르는 것이 다였다. 지금으로 치자면 움직이는 쇳덩어리나 다름이 없었다.

그런 것을 방비하기 위해 지어진 요새들을 아직까지 그대로 내버려 두다니, 제국의 자만 아닌 자만에 기분 나빠진 카젠트는 제국의 요새를 노려보았다.

"그래, 계속 그 자만을 유지해 주는 것이 좋겠지. 그래야 비수를 꽂는 것이 훨씬 쉬워질 테니까."

카젠트가 제국의 요새를 바라보며 중얼거렸다.

어차피 이제 제국에 남은 기간트도 수도에 있는 100여 기가 전부였고, 요새에 있던 기간트들은 모조리 합중국과의 전쟁을 위해 차출된 상태였다.

"전하."

그때, 기간트 아래에서 한 사람이 모습을 드러냈다. 합중국의 외교관과 협상을 위해 파견된 크로아 왕국의 외교관 중 한 사람인 메르오 베코르였다.

팟.

그를 보기 위해 7m쯤 되는 높이의 기간트 어깨에서 가볍게 뛰어내리는 카젠트.

"협상은 다 끝났는가?"

"예. 30년 동안 절대 리안느 왕국과 크로아 왕국에 침입하지 않겠다는 것에 협약했고, 제국과의 전쟁이 끝나면 보상금도 주겠다고 합니다. 다만 지금과 같은 상황에서 다시 조약을 맺는 것은 힘들 것이라 판단했기 때문에 보류했습니다."

메르오 베코르의 말에 고개를 끄덕이는 카젠트.

잠시 말을 멈춘 메르오는 다시 입을 열었다.

“그리고 전하의 지침대로 합중국의 지원 요청 역시 받아들였습니다. 의외로 제국과 합중국의 국경 전투에서 합중국이 대패를 해 현재 계속 밀리고 있답니다. 그 과정에서 헬폰스 중장과 루제인 대장이라는 5인의 별 중 두 사람이 전사를 했고, 엘레산 단장을 비롯한 몇 명만이 귀환했다고 합니다.”

그 말에 카젠트를 비롯한 모든 이들의 얼굴이 굳어졌다.

모두들 디스트로이어를 막강한 힘을 제약당한 제국군이 패하는 것을 믿어 의심치 않았다. 마스터의 전력도 합중국 군이 더 우월했기 때문이다.

그렇기 때문에 제국군을 격멸한 합중국과 함께 제국을 향해 진격을 할 생각이었는데, 상황이 완전히 역전된 것이다.

“그런데 합중국의 외교관이 이상한 소리를 했습니다. 저로서는 도저히 이해할 수 없는 내용이었습니다만…….”

메르오가 주저하면서 무언가를 말하려고 하자 카젠트가

메르오를 바라보았다. 당장 말하라는 무언의 재촉에 메르오는 입을 열었다.

"악마가 강림했다고 합니다."

"큭."

그 말에 누구나 할 것 없이 웃음을 터뜨렸다.

악마라는 존재가 있었다고 알려진 것은 고대 문명이 있는 시기보다도 전의, 그야말로 태고적의 시대의 이야기였다. 신화 혹은 전설 속의 이야기라는 의미다.

그런데 갑작스러운 악마라니, 웃지 않고 정상적으로 그것을 받아들일 사람은 없었다.

"저 역시 웃었습니다만, 그쪽 태도는 매우 진지하더군요. 아니, 증오라는 감정이 맞는 것 같습니다. 뭐였더라. 본래 국경 전투에서 합중국이 본국의 예상대로 이기고 있었다고 합니다만, 그 악마가 강림하고 나서는 이야기가 바뀌었다는군요."

그 말에 그제야 집중하기 시작한 사람들이었다. 그만큼 합중국의 패배가 의외였기 때문이다. 어떤 존재가 있는지 알아 둘 필요가 있었다.

"단 한 기의 검은 기간트였다고 합니다. 그야말로 어둠이라는 속성을 기간트의 형상으로 집약시킨 듯한. 그 기간트가 세 명의 마스터가 펼친 합공과 합중국 기간트들의 포위들을 무차별적으로 깨고 무려 두 명의 마스터를 전사, 한 명의 마스터를 중상, 그리고 66기의 기간트를 완파시켰다고 합니다."

메르오의 말에 모두들 할 말을 잃었다. 마스터라는 강자도 저런 일을 할 수가 없었다. 그런 존재가 제국에 있다면 그것은 단 한 사람뿐이었다.

"딱 봐도 로드 나이트가 전장에 등장한 것인데, 왜 굳이 악마라는 표현을 사용한 것이지?"

아르젠이 이상하다는 듯 메르오를 바라보며 물었다.

"그것은 잘 모르겠습니다만, 여태까지의 로드 나이트와는 전혀 다르다고 말하더군요. 본래의 기간트 로드 나이트와의 생김새도 다르고, 오러의 색깔도 투명하면서도 선명한 검은색이었다고 하더군요."

본래 알려진 로드 나이트의 오러 색깔은 진녹색이었으니 다르다고 판단할 만한 이유가 되었다.

그랜드 마스터가 되어 초기 무형의 오러 블레이드에서 다시 색깔을 찾아도 본래 마스터 때의 오러 블레이드 색깔과 같았으니 말이다.

"하지만 그런 힘을 가진 사람은 로드 나이트밖에 없다.

그 존재가 로드 나이트라면 합중국이 그렇게 간단히 패배할 수밖에 없지."

카젠트나 헤르매스 국왕을 보면 알겠지만 그랜드 마스터는 전략 자체를 뒤집을 수 있는 힘을 가진 존재들이었다.

쉽게 말하면, 마스터가 전투의 양상을 바꿀 수 있다고 하면 그랜드 마스터는 한 사람으로 이루어진 전쟁이나 다름없었다.

혼자서 국가 급 무력을 지닌 초월자.

"합중국으로 지원군을 보내 줘야 하는가?"

헤르매스 국왕이 심각한 표정으로 되물었지만 카젠트는 고개를 저었다.

"우리가 지금 출발하더라도 늦어. 어떻게 달려도 최남단인 합중국의 수도까지 가는 데는 최소 일주일은 걸리니까. 차라리 저들이 군을 돌리게 하는 것이 맞겠지."

"제국으로의 진격을 감행해야겠군."

지원을 해 줘 봤자 시간 자체가 오래 걸리니 차라리 제국을 공격하여 제국군을 귀환시키는 것이 그나마 가장 합리적인 방법이었다.

현재의 크로아 왕국과 리안느 왕국의 전력은 총 300기.

나머지 기간트들은 리안느 왕국의 수비를 위해 남겨 두었다.

이 정도 전력만 해도 이미 제국의 세 배는 되는 전력이었으니, 합중국에 있는 제국의 군대가 발길을 돌리지 않는다면 제국은 그대로 함락될 수밖에 없는 전력 차이인 것이다.

"지금으로서는 이것이 최선의 수지."

카젠트는 말을 마치며 자신의 기간트인 블러디 나이트를 바라보았다.

본능적으로 이것이 마지막 전쟁이라는 것을 누구나 다 체감하고 있었다.

"마지막 전쟁의 대상이 제국이라니, 화끈하군."

그렇게 혼자서 중얼거리는 카젠트였다.

(4)

둘째 날 전투는 전날처럼 매우 지루한 양상으로 전개되었다.

수성을 하는 합중국으로서는 속이 터질 수밖에 없었다. 이미 어제 있었던 전투만으로도 라이더들의 정신 피로도는 상당히 쌓여 있었다.

차라리 속 시원하게 싸우는 것이 그런 피로도를 줄일 수 있을 텐데.

제국군의 합중국 군대 말려 죽이기 작전은 너무나 제대로 먹히고 있었다.

"그렇다고 언제나 네놈들의 의도대로 끌려다닐 것이라고 생각하지 마라."

가이 로웨린이 살기를 뿜어내며 중얼거렸다. 시대를 초월한 합중국의 마도공학과 마스터의 힘이 합쳐질 시간이었다.

우우우웅!

마나가 충전이 되었는지 10문의 디스트로이어가 불길한 빛을 머금고 있었다.

쏘아지는 파멸의 빛. 이번에는 작정을 했는지 성벽 여러 군데가 아니라 한 곳에 집중하고 있었다.

그리고 그것이야말로 가이 로웨린이 바라는 것이었다.

파악!

높게 뛰어오르는 소닉붐.

특이하게 생긴 검의 모양에도 어김없이 녹색의 오러 블레이드가 형성되어 있었다. 하지만 그 오러 블레이드는 이상하다고 여겨질 정도로 검 주위를 회전하고 있었다.

"내가 왜 천둥의 기사라 불리는지 그 이유를 보여 주마."

가이 로웨린이 검을 휘두를 때마다 천둥과 같은 소리가 울린다고 해서 붙여진 이름이 바로 천둥의 기사였다.

그리고 지금 이 자리에서 회전하는 오러 블레이드가 강대한 빛을 형성하며 내뿜어졌다.

콰콰콰쾅!

마스터가 가진 모든 마나를 단 한 번에 쏘아 버리는 최강의 일격이 10문의 디스트로이어와 부딪혔고, 순식간에 밀려 나가기 시작했다.

그것은 의문을 품을 것도 없는 당연한 일이었다.

1문의 디스트로이어에 장착된 마나석의 개수는 세 자리가 가볍게 넘어간다. 그 정도 마력이 되면 마스터 한 명을 가볍게 능가하고도 남을 정도의 마력이었다.

하지만 여기서 말도 안 되는 일이 일어났다.

"어이가 없군, 저 녀석."

천둥의 기사이고 나발이고 엘카디스 후작에게는 애송이일 뿐이었다.

아무리 같은 마스터라고 하지만 극에 다다른 그와 이제 막 마스터가 된 이의 차이는 엄청났다. 그런 애송이가 10문의 디스트로이어의 힘과 정면으로 부딪히려고 하니 비웃음이 나오지 않을 수가 없었다.

저 10문의 힘은 그로서도 절대 감당할 수 없었다. 심지어 그랜드 마스터라 해도 그것을 막을 수는 없을 것이다.

하지만 그때, 그는 경악했다.

"……!!"

녹색의 오러 블레이드는 밀리는 것 같더니 그대로 파멸의 빛을 휘감았다. 나선으로 휘감긴 파멸의 빛이 진행 방향이 바뀌기 시작하더니 제국군을 향해 말 그대로 '반사'되었다.

콰콰콰쾅!

제대로 조절을 못 했는지 제국군의 본진을 강타하지는 못했지만, 제국군의 우익에 있던 20여 기의 기간트는 형체도 남기지 못하고 녹아 버리면서 폭발하고 말았다.

이것이야말로 합중국이 만든 시대를 초월한 공학 기술로, 모든 물리적인 힘을 되돌리는 기술이었지만 제대로 사용할 수 있는 사람은 왠지 모르게 가이 로웨린 한 사람뿐이었다.

하지만 이것을 펼치고 나면 그 이후 하루는 탈진 상태였다. 모든 마나를 일시에 뽑어내 사용하는 것은 마스터라 해도 힘겨운 일이었다.

"제대로 한 방 먹은 기분이 어떨지 모르겠군, 엘카디스."

그 말을 끝으로 가이 로웨린은 의식을 잃었고, 그런 그를 모시기 위해 두 기의 기간트가 소닉붐을 안고 요새에서 이탈했다. 혹시라도 그를 잃으면 합중국은 끝이기 때문에 더욱 주의에 만전을 기울이는 것이다.

"기분 정말 더럽군."

저런 말도 안 되는 것을 두 눈으로 목격한 엘카디스 후작은 얼굴을 찌푸렸다.

그때, 가까운 거리에서 묵직한 기운이 느껴졌다.

“오셨습니까?”

뒤도 돌아보지 않고 말을 하는 엘카디스 후작. 하지만 상관없다는 듯이 아이반 공작의 기간트가 모습을 드러냈다.

—과연 합중국이라는 것이겠지. 쉽게 우리의 생각대로 되지 않는군. 그대가 이끌고 공성을 시작하게. 후방에는 예비군과 함께 내가 있을 것이니.—

“알겠습니다, 공작 각하.”

엘카디스 후작은 명백한 살의를 내보이면서 외쳤다.

그리고 그의 기간트 베히모스가 검을 높게 들자, 성을 포위하고 있던 100기의 기간트가 동시 다발적으로 성을 향해 쇄도했다.

타타타탕!

한층 더 격렬해진 마나탄들의 쇄도에도 두려워하지 않고 돌격을 하는 제국의 기간트들.

오히려 놀라운 검술로 마나탄을 검으로 되돌리는 기간트들도 있었고, 대응 사격하는 기간트도 있었다.

하지만 놀라운 장면을 만들어 낸 존재가 합중국에 있다는 것에 사기를 얻어 눌리지 않고 버티는 합중국의 기간트들이었다.

좌르르륵!

쇠사슬들이 성벽에 걸렸고, 날아오는 제국의 기간트들.

그러자 합중국 군의 여러 기간트가 마나캐논을 쏘기 시작했지만, 이리저리 몸을 흔들면서 날아오는 제국군의 기간트들은 왜 제국의 기사가 조종술이 제일인지를 보여 주고 있었다.

그렇게 몇 기의 기간트가 성벽에 안착하자 검을 든 합중국의 기간트들이 연속적으로 검을 내질렀다.

콰앙!

한 번에 여러 곳에서 검을 맞은 기간트는 폭발하며 그대로 땅으로 떨어져 산산조각이 나고 말았다.

몇몇 기간트들은 성벽에 무사히 착지하여 검을 휘두르며 합중국의 기간트들을 향해 공격을 가했다.

하지만 거대한 방패에 막혔고, 합중국 기간트들은 온 힘을 다해 방패를 밀자 떨어지는 기간트들이 속출했다.

"귀찮은 새끼들."

엘카디스 후작이 얼굴을 찌푸리며 그대로 성문으로 쇄도했다. 기겁한 기간트들이 마나캐논을 쏘았지만 지그재 그로 움직이는 베히모스를 맞추지 못했다.

단숨에 성벽에 도착한 베히모스가 강력한 오러 블레이드가 실린 검을 휘둘렀다.

콰아앙!

굉음이 일었지만 성문에 흠집 하나 나지 않았다.

정말 말도 안 될 정도의 강화 결계에 엘카디스 후작의 얼굴이 일그러졌다.

"썅."

욕이 나오는 것을 도저히 막을 수 없을 정도로 튼튼한 문.

미친 듯이 휘둘렀지만 결코 성문은 깨지지 않았다.

—엘카디스 후작, 후퇴하게나. 디스트로이어가 발사될 것이니.—

그 말에 황급히 뒤로 물러나는 엘카디스 후작의 기간트와 제국군의 기간트들.

콰콰쾅!!!

파멸의 빛이 순식간에 성문을 강타했다.

파지직!

강렬한 스파크가 튀기면서 거대한 열이 발생했지만, 그럼에도 성문은 굳건했다.

"이젠 웃기지도 않는군."

10문의 힘이 집약된 디스트로이어를 받고도 멀쩡한 성문이라니.

하지만 한눈에 보기에도 결계가 약해졌다는 것을 파악할 수가 있었다.

그것을 바로 알아챈 베히모스가 쇄도하며 3개의 오러 블레스트를 날렸다.

콰아앙!

드디어 굳건하던 성문이 더 이상의 충격을 버티지 못하고 파괴되었다.

—돌격하라!—

엘카디스 후작의 베히모스가 선두로 나섰다. 문이 부서진 것을 본 합중국 기간트들은 기겁을 하며 거대한 방패를 들고 성문을 막았다.

콰아앙!

방패와 오러 블레이드가 부딪히면서 거대한 폭발이 일어났다.

창과 방패의 대결이 그렇게 시작되었지만 방패는 꿈쩍도 하지 않고 창의 공격을 버텨 냈다.

그리고 제국군의 기간트가 성문에 집중되자 합중국 군

의 기간트가 마나캐논을 쏘는 대로 얻어맞고 말았다.

콰앙!

간신히 두 기를 벤 베히모스였지만 이미 성문 앞에는 10여 기의 기간트가 당당히 서 있었고, 제국군의 기간트들은 그대로 고착되어 피해가 커지고 있는 상황에 엘카디스 후작은 이를 갈았다.

―독한 새끼들! 전원 후퇴하라! 후퇴하라!―

성문을 깨는 것까지는 좋았지만, 역시 합중국 군의 방진을 깨는 것은 무척 어려운 일이었다. 제국군은 도합 12기를 상실한 채 후퇴를 할 수밖에 없었다.

하지만 성벽을 감싼 강화 결계가 약해졌다는 것을 깨달은 것은 분명 희소식이었다.

(5)

라스드 피에타 수상이나 의원들은 모두 결연한 표정을 지으며 부서진 성문을 바라보았다.

황급히 복구되고 있었으나 더 이상 강화 결계를 형성할 마법사들이 없었다. 모두 이미 탈진 상태에 이르렀기 때문이다. 그나마 다른 쪽을 약화시켜 성문에 집중시키는 것이 마법사들이 할 수 있는 모든 것이었다.

이쯤 되면 항복을 논의할 수도 있었지만 그들은 그렇지 않았다.

대륙에서 유일하게 민주주의를 채택한 국가라는 자부심을 지닌 그들이 무도한 전제주의 국가들에게 항복을 할 수는 없는 노릇이었다. 국가의 패망과 함께 죽더라도 그것은 결코 바뀌지 않는 원칙이다.

"애초에 시민들이 뽑아 준 사람들이 바로 우리입니다. 우리를 믿고 선택해 준 분들의 믿음을 어길 수는 없습니다. 항복은 없습니다. 이 나라의 운명과 저는 항상 같이할 것입니다."

결연한 라스드 수상의 말에 모든 라이더들 역시 고개를 숙이고 있었다. 지휘부가 이렇게 잘 대처해 주고 있으니 라이더들 역시 힘을 제대로 발휘할 수 있었다.

"가이 로웨린 경은?"

성문이 거의 돌파당했으니 이제부터는 백병전이었다. 백병전에서 가장 중요한 것이 바로 마스터의 존재였으니 가이 로웨린을 신경 쓰는 것이 당연했다.

"회복하셨다고 합니다. 내일이면 전선에서 활약하실 수 있을 것입니다."

"다행이군."

이제 결전의 순간이었다. 여기서 밀리면 모든 것이 끝이니 물러날 수도 없었고 물러나서도 안 되는 그런 싸움인 것이다.

"기사의 질은 저들이 뛰어날지 모르지만, 군대만 따지면 최강은 바로 합중국 군대, 바로 여러분입니다. 그리고 전쟁은 기사들만 하는 것이 아니라는 것을 저는 깨달았습니다. 여러분이 이 나라의 군인이라는 것이 저는 너무나 자랑스럽습니다."

라스드 수상은 그렇게 고개를 숙이며 모든 라이더들의 손을 두 손으로 잡았다. 마치 기도를 하는 듯이.

자신들을 끝까지 믿어 주는 라스드 수상의 모습에 라이더들의 두 눈이 붉어져 있었다.

이런 지휘부들이 있기 때문에 합중국은 강한 것이고, 그렇기에 믿고 싸울 수 있는 것이다.

"돌아가실 시간입니다, 수상 각하. 이들도 이제는 쉬어야 다시 내일 전투를 할 수 있습니다."

한 장관의 말에 라스드 수상은 알았다는 듯이 고개를 끄덕이고 한 청년을 향해 걸어갔다. 그곳에는 그의 막내 아들인 네이르가 웃으면서 있었다.

"네가 정말 자랑스럽구나."

그 한마디에 아들을 생각하는 아버지의 마음이 담겨져 있었다.

네이르 피에타는 웃으면서 눈물을 흘리고 있었다. 이번이 마지막으로 아버지를 볼 수 있는 기회가 될 수 있었기 때문에 아버지의 모습을 두 눈에 담아 두는 것이다. 결코 잊지 않도록.

"과찬이십니다. 저 역시 합중국의 아들로서 의무를 다할 뿐입니다."

의연한 말에 미소를 지은 라스드 피에타 수상은 그렇게 아들을 한 번 껴안아 주고 관료들과 함께 관사로 물러났다.

전쟁은 종말을 향해 가고 있었다.

셋째 날, 다시 몰려드는 제국의 기간트들.

후방에 있던 기간트까지 모조리 끌고 나온 상태.

합중국의 강인한 정신력을 보았으니 말려 죽이는 것은 의미 없다고 파악했기 때문에 아예 오늘 끝을 볼 생각이었다.

콰콰콰콰쾅!!!!

디스트로이어가 빛을 뿜어내 여기저기 성벽을 강타하자 드디어 성벽의 일부가 무너져 내렸다.

성벽 전체의 결계 중 일정 부분을 성문으로 옮겼기 때문에 약해진 곳을 디스트로이어가 정확하게 강타한 것이다.

쿠쿠쿠쿵!

산사태처럼 쓸려 내려가는 거대한 돌들을 보며 가이 로웨린의 얼굴이 일그러졌다. 시작부터 자신들을 지켜 주던 성이 무너질 줄이야.

아직도 제국군은 합중국 군의 두 배 이상 되는 기간트의 수를 자랑하고 있었다.

—막아라! 절대 막아야 한다!—

지휘관들이 라이더들을 독촉하며 외쳤다. 남은 기간트 중 절반 이상이 거대한 방패를 들고 성벽을 대체하겠다는 듯이 달려갔다.

그리고 다시 파도처럼 쇄도하는 제국군의 기간트들.

콰아아앙!

굉음이 울려 퍼지고 강철과 강철이 부딪히는 소음만이 전장을 가득 채웠다.

성벽이 무너진 부분이 워낙 커서 합중국 군을 포위하

면서 빠른 속도로 전진하는 제국군의 기간트들. 하지만 방패를 앞세운 합중국의 기간트들은 결코 물러나지 않았다.

콰앙!

"제길, 이놈의 방패는."

엘카디스 후작이 얼굴을 찌푸리면서 자신의 공격을 받는 합중국의 기간트들을 노려보았다.

아무리 봐도 마스터의 오러 블레이드까지 막는 이 방패는 신화에 나오는 신들의 방패을 생각나게 만들었다. 적극적으로 공격을 하지 않고 철벽과 같은 수비를 하니 제국군이 아무리 몰아쳐도 뚫리지 않았다.

우웅!

베히모스가 더욱 짙은 오러 블레이드를 형성한 검을 내지르자 한 기간트가 밀려났다. 그 틈을 파고들어 옆에 있는 기간트들을 향해 검을 휘두르는 베히모스.

콰앙!

엄청난 공격을 맞고 흔들리기는 했지만, 합중국의 기간트들은 물러나지 않고 검을 휘둘러왔다.

그때, 엘카디스 후작의 본능을 자극하는 위협이 쇄도했다.

콰앙!

그와 같이 오러 블레이드를 형성한 기사.

—가이 로웨린. 주제도 모르고 나섰구나!—

엘카디스 후작이 날카롭게 외치며 소닉붐을 노려보았다.

베히모스의 마나 드라이브가 더욱 빠르게 회전하기 시작하며 그대로 도약해 검을 내리그었다.

콰앙!

소닉붐은 그런 베히모스의 공격을 방패로 흘려 내고 검을 내질렀다.

기간트의 능력 자체는 소닉붐이 훨씬 우위.

현 시대 최고의 마도공학 기술이 적용된 소닉붐의 출력은 무려 2.4였다.

그리고 가장 중요한 능력은 오러를 증폭시키는 것.

이 기술로 가이 로웨린은 그가 만들 수 있는 오러 블레이드보다도 더 강한 오러 블레이드를 형성해 엘카디스 후작에게 맞서 싸우기 시작했다.

우우웅!

파동과 같이 생긴 특이한 형태의 오러 블레스트가 베히모스를 향해 날아가자 베히모스는 물러서지 않고 오러 블레스트를 베어 나갔다.

콰쾅!

하지만 오러 블레스트는 더욱 커지면서 베히모스의 전신을 후려쳤다.

"커헉. 이 새끼가!"

베히모스 역시 오러 블레스트를 날렸지만 소닉붐의 검과 부딪히자 그대로 반사되어 베히모스를 향해 날아갔다.

"뭐 이딴 게 다 있어!"

어이가 없어진 엘카디스 후작은 재빨리 자신이 날린 오러 블레스트를 피했다.

콰앙!

오히려 전진하여 베히모스를 방패로 후려친 소닉붐.

자신보다 더 강한 상대를 상대로도 가이 로웨린은 전혀 물러서지 않고 맞서 싸웠다.

그렇게 무너진 성벽에서의 전선이 완벽히 고착되었을 때, 성문 쪽의 전투도 치열하게 벌어지고 있었다.

그쪽에서 아이반 공작의 드래곤 플레임이 제국군의 기간트들을 지휘하고 있었다.

우우웅!

오러 테라토리가 펼쳐지며 강화 결계와 부딪히자 엄청난 충격파가 발생하기 시작했다.

그 뒤로 수십 발의 마나탄이 부딪히기 시작하자 성벽이 받는 충격이 누적되기 시작하였다.

이미 결계를 유지하는 마법사들의 상황은 탈진 그 자체였기 때문에 이렇게 두들기는 것만으로도 성문의 결계가 약화되었다.

콰아아앙!

이를 증명하듯 더 이상 버티지 못하고 파괴되는 성문.

이것을 시작으로 성벽의 모든 결계가 완전히 소실되었다.

천천히 오러 테라토리를 유지하며 나아가는 드래곤 플레임. 아군과 거리를 두고 혼자서 나아가는 드래곤 플레임의 오러 테라토리에 휘말린 합중국 기간트들이 파괴되었다.

오러 테라토리는 전 방위로 움직일 수 있기에, 방패로 가릴 수 없는 부분을 공격했기 때문에 합중국의 기간트들은 막을 수 없었다.

엘카디스 후작은 아군이 바로 곁에 있기 때문에 사용할

수 없었지만, 혼자 나선 아이반 공작은 거리낌 없이 펼쳤다.

타타타탕!

그리고 후방에서 이어지는 엄호 사격들은 합중국의 기간트들이 공작 한 사람에게 집중되는 것을 막았다.

오러는 그대로 커다란 회오리를 형성하며 합중국의 기간트들을 차근차근 집어삼키기 시작했다.

(6)

콰콰쾅!

거대한 충격파를 버티지 못한 베히모스가 그대로 튕겨져 땅바닥을 굴렀다.

공격을 가하면 그 공격을 집어삼키면서 날아오는 소닉붐의 공격은 그야말로 엘카디스 후작의 의표를 찌르기에 충분했다.

—더 이상 봐주지 않겠다, 가이 로웨린.—

쿠오오오오!

아군을 신경 쓰지 않고 오러 테라토리를 형성하는 엘카디스 후작.

콰콰쾅!

그 순간, 주변에 있던 제국군의 기간트와 합중국의 기간트가 모조리 파괴되며 날아갔다.

—아군까지 베다니, 이 미친 새끼가!—

어이가 없어진 가이 로웨린이 분노하며 외쳤다.

하지만 제국군은 당황하지 않고 천천히 뒤로 물러나며 거리를 벌렸다.

자신의 힘을 마음껏 발휘할 수 있게 된 엘카디스 후작은 그야말로 엄청난 힘을 선보이며 소닉붐을 압박하기 시작했다.

사방으로 휘몰아쳐 오는 공격을 엄청난 속도로 검을 휘둘러 막아 내는 소닉붐.

다시 파동 형태의 오러 블레스트를 날리지만 오러 테라토리라는 공방일체의 오의를 뚫을 수는 없었다.

—네놈 따위에게 이렇게 시간을 끌 줄은 몰랐다. 내 자신이 한심스럽게 느껴지는군. 이제 끝을 내겠다.—

엘카디스 후작이 차갑게 선언했고, 주변이 그의 오러 색으로 완전히 뒤덮였다.

—네 마음대로 되게 놔둘 것 같으냐!—

소닉붐의 오러 블레이드에 휘감기는 오러 테라토리.

엘카디스 후작의 의지와는 전혀 상관없는 오러의 움직임.

—무슨?!—

오러가 자신의 의지를 거부하고 끌리다니 있을 수 없는 일이었다.

오러 테라토리의 힘까지 받아들인 소닉붐이 그야말로 무시무시한 기세를 내뿜으며 달려들었다.

방패까지 버리고 달려드는 소닉붐.

"제기랄."

기세에서 밀린다는 것을 깨달은 엘카디스 후작은 한숨을 내쉬며 단 3초 동안 기간트의 마나를 받아들였다.

그리고 색깔과 형태가 사라진 오러 블레이드.

그것은 단숨에 소닉붐의 검과 소닉붐의 오른쪽 어깨를 잘랐다.

콰아아앙!

거대한 폭발과 함께 튕겨져 나가는 소닉붐. 본래라면 단숨에 양단할 생각이었지만 본능적으로 몸을 틀어 소닉붐은 오른팔만 베이는 데에 그쳤다.

"쿨럭."

단 3초 받아들였을 뿐인데도 몸이 받은 충격은 엄청나

그대로 피를 토하고 마는 엘카디스 후작이었다.

"빌어먹을. 이걸 하고 죽는 새끼들은 정말 독한 놈들이었군."

하지만 이것으로 적의 중심을 격파했고, 사기가 오를 대로 오른 제국군은 그대로 달려들었다. 합중국의 군대는 더 이상 버티지 못하고 끊임없이 뒤로 밀려났다. 거기에 성문을 꿰뚫은 기간트들까지 달려들자 승리의 추는 완전히 제국군 쪽으로 기울어졌다.

"쿨럭! 쿨럭!"

엄청난 충격에 끊임없이 피를 토해 내는 가이 로웨린. 하지만 그는 하나만 남은 왼팔로 떨어진 검을 줍고 베히모스를 향해 달려들었다.

—기개는 인정하지만 어설프다.—

베히모스는 부드럽게 움직이면서 왼팔로 펼쳐진 어색한 소닉붐의 공격을 피하고 검을 휘둘러 왼팔까지 베어 버렸다.

타타탕!

하지만 멈추지 않고 양어깨에 장착된 마나캐논을 쏘기 시작한 소닉붐.

—귀찮게 하는군.—

다시 펼쳐진 오러 테라토리는 모든 마나탄을 집어삼켰다. 그리고 이 빛의 장막이 소닉붐을 집어삼키는 순간, 소닉붐 전신이 순식간에 파괴되어 완벽하게 기동을 정지하고 말았다.

—이렇게 죽일 수는 없지.—

들려오는 엘카디스의 말에 입에서 피를 토하고 코피가 터지고 피눈물을 흘리는 가이 로웨린은 전혀 눈을 감지 않고 베히모스를 노려보았다.

—너는 너무 우리를 괴롭혔어. 실력에 비해 네가 펼친 활약은 정말 대단했지. 그러니 직접 검으로 죽여 주겠다, 가이 로웨린.—

엘카디스 후작의 말에 이를 악무는 가이 로웨린.

그때, 새하얀 오러 블레스트.

콰쾅!

너무나 갑작스러운 공격이었지만 엘카디스 후작은 오러 테라토리를 펼쳐 그 공격을 막아 냈다.

너무나 익숙한 공격이었다.

"……!!"

일반적인 합중국 기간트였다. 여기저기 파괴된 부분이 보였지만 그래도 멀쩡한 기간트.

하지만 검에 실린 것은 전혀 일반적이지 못했다. 새하얀 오러 블레이드는 바로 합중국에서는 단 한 사람을 상징하는 것이었다.

—네놈이 어떻게 이곳에 있을 수 있는 것이냐, 엘레산 요르테!—

이것은 가이 로웨린 역시 가지고 있는 의문이었다.

—합중국에서는 네가 생각하는 것보다 놀라운 것들이 많다. 너같이 구닥다리 국가에서 살다 온 놈은 꿈에도 생각하지 못하는 것들이 있지.—

결과적으로 이 전투 이후에 죽는다는 운명은 변함이 없지만.

엘레산 요르테는 그렇게 생각하고 웃었다.

—가이 로웨린, 기간트에서 나가라. 너는 충분히 너의 일을 다 했다. 나를 믿고 전역에서 이탈하도록.—

—엘레산 경, 당신이 어떻게 이곳에.—

의아한 것은 가이 로웨린 역시 마찬가지였다. 절대 안정을 취해야 할 사람이 이곳에 있다니.

엘레산은 대답을 하지 않고 베히모스를 향해 몸을 날렸다. 엘레산의 압도적인 힘과 빠른 움직임에 기간트가 따라가지 못하고 여기저기 폭발을 일으켰지만 누구도 개의

치 않았다.

콰콰쾅!

두 개의 오러 테라토리가 한 지점에서 집중되며 주변을 완전히 파괴의 공간으로 만들었다.

그 전투를 보며 가이 로웨린은 이를 악물었다. 가장 뛰어난 마도공학 기술로도 결국 실력의 격차를 뛰어넘을 수 없는 것이 너무나 분했기 때문이다.

하지만 그는 그 파괴의 현장에서 탈출하기 위해 기간트에서 빠져나와 다른 곳으로 달려갔다.

쿠오오오!

두 기간트의 싸움은 매우 격렬했다.

부족한 기간트로도 전혀 엘카디스 후작에게 밀리지 않고 맞서 싸우는 엘레산 요르테.

가지고 있는 모든 잠력을 격발시키는 비약을 먹고 의식을 회복한 그는 현재 최고의 전력을 발휘하고 있었고, 그 힘이 기간트의 성능 차이를 뛰어넘었다.

—역시 네놈이 가장 짜증 나!—

베히모스가 거칠게 달려들며 검을 휘두르고 주먹을 내지르자 땅이 버티질 못하고 갈라지기 시작했다.

—나 역시 네놈이 재수 없기는 마찬가지다.—

엘레산 요르테가 지지 않고 맞받아쳤다.

—네놈의 기간트 수명이 다하기 전에 죽여 주마!—

마스터의 능력을 따르지 못하는 기간트의 수명은 그야말로 얼마 되지 않았다. 그것을 알기 때문에 엘카디스 후작은 그전에 죽이겠다고 선언을 한 것이다.

—할 수 있으면 해 봐라!—

말을 마치고 다시 달려드는 두 기간트가 격렬하게 검을 휘둘렀다.

이제 와서 오러 테라토리를 펼쳐 봤자 서로에게는 의미가 없었다. 서로의 몸을 베는 것이 가장 중요했고, 그 의미를 행하기 위해 두 사람은 끝까지 부딪혔다.

하지만 싸움은 오래가지 않았다.

쉬에엑!

다른 곳에서 날아오는 오러 블레스트에 반응한 엘레산의 기간트가 도약을 하며 피해 냈다. 그러나 엘레산 요르테의 얼굴이 굳어졌다.

드래곤 플레임이 당당하게 서 있었던 것이다. 설마 명예를 중시하는 제국의 기사가 1대 1 대결에 난입할 줄은 꿈에도 몰랐던 것이다.

—엘레산 요르테, 걱정하지 않아도 된다. 승부에 난입할 생각은 없으니까. 이미 전투는 끝났다.—

그 말에 경악하며 관사를 바라보는 엘레산 요르테.

관사는 철저하게 무너진 상태에서 화염에 타오르고 있었다. 정부의 고위 관료들이 모두 관사에 있었다는 것을 생각하면 모두 죽었다고 해도 과언이 아니었다.

—웃기지 마라, 아이반 드 페트릭!—

엘레산은 더욱 강렬한 기세를 뿜어내며 외쳤지만 드래곤 플레임은 여전히 묵묵히 서 있을 뿐 움직이지 않았다.

—퇴각한다, 엘카디스 후작.—

그 말에 엘카디스 후작을 비롯한 모든 제국군 라이더들이 경악했다.

관사까지 점령했으면 합중국은 이미 정부를 상실해 국정 운영을 할 수 없다는 것을 의미했다.

이미 더 이상 나라로서의 기능을 할 수 없는 처지.

한 발자국만 더 나아가면, 합중국의 군대까지 제거하면 완벽하게 장악할 수 있는데도 퇴각을 건의하다니, 믿을 수 없는 것은 당연했다.

—자세한 사정은 나중에 말하겠다. 퇴각하라, 이것은 황제 폐하의 명이다.—

으드득.

이를 악무는 엘카디스 후작. 하지만 기사인 그가 황제의 명을 거부할 수는 없었다. 설령 그것이 자결이라 할지라도.

—황제 폐하의 명을 받듭니다.—

입술을 깨물어 피가 흐름에도 분노를 전혀 삭일 수 없었다. 모든 제국군 기간트들이 성을 완전히 빠져나가기 시작했다. 남은 것은 엘카디스 후작의 베히모스뿐이었다.

—결국 네놈과는 승부를 내지 못했구나, 엘레산 요르테.—

—그래, 아쉽게 됐군. 이제 더 이상 네놈을 보지 못하니 말이야.—

두 사람 모두 알고 있었다. 엘레산 요르테가 이 전투 이후에 살 수 없다는 것을 말이다.

그것은 결코 변하지 않는 운명이었다. 의식을 강제로 깨운 약도, 억지로 강해진 힘도 모두 순리를 거스르는 것. 기간트의 마나를 받아들이는 것과 전혀 다르지 않았다.

차이가 있다면 전자가 더 오래 사는 정도였다.

—네놈은 정말 기분 나쁜 새끼였지만 기억은 해 주겠다.—

그 말을 끝으로 베히모스까지 도약하며 성을 빠져나갔다.

합중국이 최초로 침입을 당한 이 전쟁은 합중국의 철저한 패배였다.

수도가 함락을 당하고 생산 기반 시설을 9할 이상 상실했을 뿐만 아니라 정부 관사까지 모조리 파괴되었다. 운이 좋아 비밀 통로로 몰래 빠져나와 고위 관료들이 살아남은 것이 그나마 다행이었다.

엘레산 요르테와 가이 로웨린을 필두로 한 군인들이 황폐화된 지역을 다스리기 시작해 다행히 최소한의 안정을 찾을 수 있었다.

언제 다시 원상태로 돌아올 수 있을지 추청하기 어려울 정도로 큰 피해였다.

그리고 엘레산 요르테는 다시 돌아올 수 없는 길을 갔다.

하지만 제국군은 빠져나가면서 합중국의 서부 지방에서

약탈과 학살을 자행했고, 그것은 합중국의 역사에서도 가장 어두운 역사로 남게 되었다.

그나마 이렇게 끝날 수 있었던 것은 크로아 왕국과 리안느 왕국 덕분이었다.

43장

최후의 전쟁

(1)

제국군과 합중국이 치열하게 부딪히는 동안에 크로아 왕국과 리안느 왕국은 전력이 대거 이탈한 제국군을 기습적으로 공격을 했고, 순식간에 제국의 동부 지역과 남부 지역을 휩쓸었다.

그리고 바로 수도로 직행을 했고, 처음으로 당황한 황제가 다급히 합중국에 있던 군대를 불러들인 것이다.

연합군은 수도에서 벗어나 중부 지역과 동부 지역 사이에 있는 요새에서 굳건히 자리를 잡고 있었다.

그 사이, 합중국에 있던 제국의 군대는 빠르게 수도에

합류하는 데에 성공했다.

굳이 수도를 함락시킬 수 있었음에도 공격을 하지 않은 이유는 단 하나였다.

"나중에 뒤통수를 맞기 싫으니까."

카젠트가 웃으면서 한 말이었다.

차라리 화끈하게 한 번에 끝내는 것이 카젠트의 성미에 맞기도 했고, 뒤처리를 하는 것이 편했다. 이기든 지든 신경을 쓰지 않아도 되니 말이다. 그래도 이왕이면 이기길 바라는 것이 그의 소망이었다.

"로드 나이트든 흑기사든 그 작자는 내가 상대하겠다."

카젠트가 먼저 한 말이었다.

스승의 원수를 갚기 위한 이유가 있었기 때문이다.

하지만 이를 따르지 않는 사람이 있었으니 바로 헤르매스 국왕이었다.

"그 작자는 내가 상대해야지. 스승의 원한을 갚고 싶어 하는 것은 알지만, 내 아버지의 죽음과 나의 상처받은 영혼에 대한 원한을 갚아야 한다."

그렇게 말을 하며 자신의 갑옷을 벗는 헤르매스 국왕.

그곳에는 커다란 십자 형태의 흉터가 상반신을 채우고 있었다. 죽었어도 이상하지 않을 정도로 심한 상처를 입었음을 의미하는 것이었다.

"알려지지 않은 역사이기는 하지만 전대 기사왕이셨던 우리 아버지는 로드 나이트의 암습에 의해 사망을 하셨고, 그 당시 어렸던 나는 그에게 도전을 했다가 죽음에 가까운 부상을 입었지. 그나마 그가 양심에 가책을 느끼고 단숨에 죽이지 않았기 때문에 내가 이 자리에 있는 것이지."

그렇게 말을 하며 살기를 내뿜기 시작한 헤르매스 국왕.

"하지만 그날은 영원히 잊지 못한다. 제국군이 엄청난 패배에 직면하자 비열하게 로드 나이트는 몰래 진지에 들어와 암습을 가했다. 그러고서 무슨 최고의 명예를 가지며, 최강의 기사란 말인가! 절대 나는 그를 용서할 수 없다!"

카젠트이 눈가를 꿈틀거리며 헤르매스 국왕을 노려보자, 물러서지 않고 카젠트를 노려보는 헤르매스 국왕.

두 절대 강자가 서로를 노려보자 남은 세우스, 아르젠와 레기오스 공작은 당황한 얼굴로 바라보았다.

말리고 싶어도 자칫하면 그들이 박살 날 수가 있었기 때문에 함부로 움직일 수도 없는 노릇이었다.

하지만 그들의 예상과 달리 카젠트가 한숨을 내쉬며 고개를 저었다.

"그래, 네놈이 상대해라. 스승님도 정당한 결투였다고 했으니 원한이라 하기도 뭐하군. 그냥 개인적인 투정이었을 뿐이다."

"고맙다."

헤르매스 국왕은 어려운 결정을 해 준 카젠트에게 고개를 숙였다.

왕과 왕 사이에서 한쪽에게 고개를 숙인다는 것은 있기 힘든 일이었는데, 그런 어려운 일을 행할 정도로 헤르매스 국왕은 카젠트에게 감사해했다.

"그나저나 제국에서 재미있는 소문이 돌던데? 제국의 수도에 있는 황제가 직접 지정한 로드 나이트가 은거지에서 거대한 폭발이 발생해 그대로 산이 절반 이상 무너져 내렸다고 하는데."

로드 나이트가 은거하던 산이 무너져 내릴 정도로 큰 폭발이 일어났다는 것은 보통 일이 아니었고, 당연히 모두의 이목을 집중시켰다.

카젠트는 웃으면서 말을 이었다.

"그리고 내려온 사람은 황제 단 한 사람뿐이었다는군. 그 이후에는 우리가 알다시피 로드 나이트로 의심되는 인간은 합중국에서 악마라 불리고 있지. 어찌 된 일인지 너무 궁금하지 않나?"

"그렇군. 황제가 로드 나이트의 은거를 깼다는 것인가? 그럼 황제가 로드 나이트보다 더 강하다는 것인가? 그대 말고도 같은 괴물이 또 있었군."

헤르매스 국왕이 어이없다는 듯한 표정을 지으며 말을 하자 카젠트를 제외한 모두가 고개를 끄덕였다.

하긴 아직 30대 초반인데 그랜드 마스터라는 경지에 올랐으니 죽을 때쯤이면 어떤 경지의 검을 개척할지 알 수가 없었다.

"그런 괴물은 대륙을 위해서도 한 명만 있으면 충분하지. 두 명은 대륙이 감당하기에는 너무 벅차단 말이야."

자신만만한 어조로 황제를 꺾겠다고 간접적으로 선언을 하는 카젠트였다.

"그럼 저는 아이반 공작을 상대하겠습니다."

레기오스 공작이 웃으면서 말을 했다.

"그럼 제가 엘카디스 경을 맡으면 되겠군요."

세우스가 바로 레기오스 공작의 말을 받으며 자신의 의견을 피력하자, 선수를 빼앗겼다는 듯이 울상을 짓는 아르젠이었다.

"그럼 제가 마르타 후작을 상대해야겠군요."

그렇게 서로의 대전 상대가 결정되었다. 남은 것은 이제 치열한 전투뿐이었다.

한편, 제국의 황성.

"어이가 없군. 도대체 어떻게 하면 잔당들만 남은 리안느 왕국과 동부의 변방국 따위에게 제국의 수도가 위협받을 수가 있는 것이지?"

황제의 말 한마디에 모든 신하들이 고개를 숙였다.

무시무시한 살기를 뿜어내고 있는 황제를 감히 바라볼 수 있는 신하들은 없었다. 지금 이 상황에서 말을 잘못 했다간 볼 것도 없이 사망이었고, 그런 비참한 죽음은 사양하고 싶은 귀족들이었다.

"어떻게 하면 이딴 치욕이 내 대에서 일어날 수 있을까?"

제국이 성립된 이후, 타국에 침입을 받은 것은 이번이

처음이었다.

패황을 자처하는 카이젤 황제가 분노하는 것도 당연했다.

"폐하! 이제 합중국에 진출했던 군대들이 돌아왔으니 저들은 곧 물러날 것입니다. 지금 동부 지역으로 물러난 것도 그러한 이유가 아니겠습니까?"

그때, 한 귀족이 나서서 입을 열었다. 지방에 큰 영지를 가지고 있는 귀족이었다.

그러자 환하게 미소를 지으면서 황제의 좌에서 내려온 카이젤 황제. 여전히 환하게 미소를 지으며 그 귀족에게 다가섰다.

"훌륭하군. 계속 말해 보게."

그 말에 자신감을 얻은 귀족이 다시 입을 열었다.

"위대한 황군에 의해 저들은 패퇴될 것이니 그런 적들에게 신경을 쓸 필요가 없다고 생각됩니다."

그렇게 말을 하고 그 귀족은 황제의 용안을 보았고, 그가 마지막으로 본 광경은 멀어지는 자신의 몸이었다.

좌악!

붉은 피가 치솟는 것과 동시에 귀족의 목이 날아가 땅바닥으로 떨어졌다. 이 두려운 장면을 보고도 귀족들은 아무런 말도 하지 않고 그 귀족의 어리석음을 탓할 뿐이었다.

"지금 이 자리에 이 작자 말고 그 쓰레기들이 우리를 두려워하고 있다고 말할 사람 또 있는가?"

살벌한 미소를 지으며 묻는 황제의 말에 답할 담력이 있는 귀족은 이 자리에 없었다. 설령 그것이 기사라 해도 말이다.

"저들이 물러난 이유는 단 하나다. 현재 남은 본국의 모든 전력을 상대로 싸워 이길 수 있다는 자신감이 있기 때문에 굳이 방해하지 않고 합류할 수 있게 해 준 것이다! 이런 치욕이 어디에 있냔 말이냐!"

쿠오오오오!

무시무시한 기세를 내뿜기 시작하는 황제로 인해 신하들의 얼굴이 창백해지기 시작했다. 그들로서는 처음 받는, 그야말로 죽음이 형상화된 것만 같은 살기였기 때문이다.

심약한 이들은 더 이상 버티지 못하고 기절을 했다.

"제국군 북부 군단의 군단장이자 타이렌 합중국 원정대 총사령관 아이반 드 페트릭 공작과 엠파이어 기사단장이자 원정대 부사령관 엘카디스 드 로람 후작을 들라

하라!"

그 말에 대신들의 얼굴이 약간 편해졌다. 승전보를 울린 두 사람이 있다면 대전의 분위기가 조금은 나아질 것이라고 판단했기 때문이다.

궁의 문이 열리고 두 사람이 들어왔다.

아무런 표정도 짓지 않은 채 황제를 보고 무릎을 굽히는 두 사람.

"아이반 드 페트릭, 황제 폐하를 뵙습니다."

"엘카디스 드 로람, 황제 폐하를 뵙습니다."

인사를 하는 두 사람을 못마땅한 눈으로 바라보는 카이젤 황제.

"비밀 병기를 그렇게 쉽게 사용할 줄은 몰랐다. 덕분에 저들도 이제 거기에 대비하고 있겠지."

황제의 질책에 두 사람의 얼굴이 굳어졌다. 그러나 두 사람은 말을 하지 않았다.

"하긴 대비를 해 봤자 얼마나 하겠냐만. 어찌 되었든 원정의 성공을 축하한다. 짐이 방해만 하지 않았더라도 완벽하게 성공할 수 있었는데 이를 방해한 것은 미안하군."

그 말에 깜짝 놀란 두 사람은 고개를 황급히 저었다.

“아니옵니다. 폐하의 혜안 덕분에 저희가 황급히 귀환할 수 있었습니다.”

아이반 드 페트릭 공작이 마음을 추스르고 다시 침착한 어조로 말을 했다.

“그런가? 그렇다면 다행이군. 그대들은 쉬고 있게. 모두 대전에서 물러나도록. 혼자 있고 싶다!”

그 말에 재빨리 신하들은 자리에서 일어나 대전을 빠져나갔다. 홀로 남겨진 황제는 살벌한 미소를 지으며 홀로 중얼거렸다.

“역시 내 기대를 저버리지 않는군. 이런 깜찍한 짓을 할 줄이야. 그랜드 마스터의 경지에 올랐다는 것은 알고 있지만 너무 과신했어. 주제도 모르는 쓰레기가.”

얼굴을 모르는 카젠트를 비웃는 카이젤 황제였다.

다시 지하로 내려간 황제는 즐겁다는 표정을 지으면서 실험실을 바라보았다.

이곳에서 그를 대상으로 한 실험이 벌어졌다. 그의 압도적인 강함의 근원이라 할 수 있는 곳. 포로들을 대상으로 한 임상 실험을 통해 얻은 실험의 모든 정수를 그에게 적용하여 신의 힘을 얻는 데에 성공한 것이다.

흑기사는 그 부산물일 뿐이다.

"진정한 핏빛의 하늘을 보여 주마, 쓰레기들."

거대한 붉은 기세가 그대로 지하실을 휘감으며 어두운 지하실을 밝혔다.

마지막 전투는 얼마 남지 않았다.

(2)

카이젤 황제는 친정을 지시했다.

그런 황제의 명령을 거부할 수 있는 사람은 없었다.

재빨리 생산해 낸 21기의 기간트를 추가하여 현재 제국군의 기간트 숫자는 총 272기였다. 크로아 왕국과 리안느 왕국에 비해 약간 열세이기는 했지만 패한다고 생각하는 제국의 백성들은 없었다.

제국이 패배한 것도 기습, 아니 빈집털이였기 때문이지 진정으로 붙어서 제국을 이길 수 있는 나라는 없다는 믿음이 팽배했다.

그 믿음을 깨뜨리기 위해 크로아 왕국과 리안느 왕국은 회전을 통한 전면전을 원했던 것이고 말이다.

"하지만 헛된 믿음일 뿐이다."

자신의 기간트, 엠파이어를 보며 미소를 짓는 카이젤

황제였다.

고대 유적에서 발견한 사상 최강의 기간트로 출력은 무려 2.7이었다.

제국의 강대함을 상징하는 최강의 기간트는 그 자체만으로도 엄청난 위압감을 자랑했다. 크기는 무려 11m로, 어지간한 기간트보다 머리 하나는 더 컸다.

우우웅!

공간이 일그러지는 것과 동시에 3명의 마법사들이 모습을 드러냈다. 제국이 자랑하는 세 명의 대마법사였다.

"흑기사의 조정이 완벽하게 끝났습니다."

"다행이군. 중간에 통제가 힘들어졌다고 아이반 공작이 말을 해 기분이 좋지 않았는데 말이지. 과연 스승님이랄까? 그 상태에서도 자아를 되찾으려고 하다니."

카이젤 황제가 흑기사가 된 로드 나이트를 떠올리며 중얼거렸다.

흑기사의 발작 원인은 간단했다. 세뇌를 깨뜨리기 위해 무의식이 발작을 일으킨 것이다.

하지만 그 무의식까지 완벽하게 제압을 했으니 더 이상 발작을 일으키지는 않을 것이다.

"뭐 그전에 이 전투가 끝나면 내가 죽일 것이니 상관없겠지."

필요에 의해 쓰는 것일 뿐, 이 전투가 끝나면 정리해야 할 대상이었다.

초월자는 이 대륙에서 그 한 사람이면 족했다. 그렇기 때문에 이번 전쟁을 이겨서 모든 초월자들은 제거해야 했다.

"사냥개는 사냥개의 역할만 충실히 하면 된다. 크크크. 그대들은 기간트 점검을 하려고 왔는가?"

"예, 폐하."

"알겠네."

그 말을 끝으로 황제는 지하실을 빠져나갔다.

그리고 3일 뒤, 제국이 가지고 있는 모든 기간트들이 수도를 빠져나가기 위해 준비했다.

역대 그 어떤 원정대보다 화려한 모습에 모든 백성들이 환호했다. 절대 승리할 것이라 믿어 의심치 않으며 말이다.

"오래 기다렸다, 나의 백성들이여. 우리는 너무나 오랫동안 갈라진 땅덩어리에서 살아왔고 수많은 피를 흘렸다. 짐은 그런 광경을 더 이상 볼 수가 없었다. 이 어찌나 슬픈 운명이란 말인가."

황제의 나지막한 말에 모두가 숙연해졌다. 황제를 잘 모르는 백성들에게 황제의 인기는 정말 대단했다.

"그래서 짐은 결정했다. 이 갈라진 땅덩어리를 제국의 이름 아래에 두기 위해 통일을 할 것이다! 이 대륙의 지배자가 될 국가는 오직 제국뿐이다!"

"와아아아!"

기사, 귀족, 평민 등 계급에 상관없이 모든 이들이 황제의 포부에 환호했다. 이 정도로 패기가 가득했던 황제는 그 어떤 역대 황제 중에서도 찾기 힘들었다.

"이것은 대륙일통을 위한 첫 발걸음이다. 감히 제국을 위협하는 악의 세력을 무찌르고 우리는 대륙을 향해 나아갈 것이다!"

"와아아아아!"

"황제 폐하에게 영광이!"

"황제 폐하, 만세! 제국에 영광이 있기를!"

"대륙일통은 제국에게!"

다양한 환호 소리가 울려 퍼졌다.

"전군, 진군하라!"

황제의 명령하에 총 272기의 기간트가 수도를 빠져나갔다.

크로아 왕국과 리안느 왕국의 진지.

"저들은 우리의 고향을 짓밟았고 수많은 이들을 죽였다! 우리의 친구를! 형제를! 어머니를! 아버지를! 무도한 저들이 죽였다. 그런 저들에게 패배하고 싶은가!"

"아닙니다!"

헤르매스 국왕의 외침에 모두가 큰 소리로 외쳤다!

"저 무도한 이들처럼 우리는 저들의 소중한 존재를 빼앗지 않을 것이다! 우리가 벨 수 있는 존재는 전장에 설 각오가 되어 있는 자들뿐이다. 이의가 있는가!"

"없습니다!"

헤르매스 국왕은 자신의 기사들을 보며 미소를 지었다.

제국이 아무리 무도한 짓을 저질렀다고 그마저 그럴 수는 없었다. 쓸데없는 학살은 악순환만 부를 뿐이다. 그런 악순환을 그는 원치 않았다. 하지만 그에게도 처리해야 하는 것은 있었다.

"그러나! 그들도 우리의 진정한 적이 아니다. 베일 각오가 있는 그 어떤 기사보다도 우리가 타도해야 할 존재는 바로 황제이다! 우리의 고향을 짓밟은 황제에게 피의 철퇴를!"

"피의 철퇴를!"

"일어나라, 리안느의 형제들아!"

"와아아아아!"

환호성을 내지르며 사기를 고양시키는 리안느 왕국의 기사들이었다.

그렇게 헤르매스 국왕의 말이 끝나자 이번에는 카젠트가 앞으로 나섰다.

"여태까지 동부는 변방으로 불려 왔다. 그리고 그것은 사실이었다. 그 어떤 국가보다 후진적이었고 탐욕적인 귀족들에 의해 고통받았다. 아무리 능력이 있더라도 평민은 귀족들의 손에서 벗어날 수가 없었다!"

그 말에 숙연해지는 크로아 왕국의 기사들.

그들 중 대다수가 개혁이 일어나기 전에는 평민이었기 때문에 잘 알고 있었다. 이렇게 전장에서 당당히 기간트를 탄 채 서 있는 것은 그들에게 있어 기적이나 다름없었다.

"거기다가 통일을 이루지 못한 채 소국끼리 아등바등 살고, 악마의 숲 때문에 우리는 항상 두려워해야 했다."

동부의 어두운 과거나 다름이 없는 악마의 숲. 전반적인 발전 자체를 억압했던 최악의 숲.

하지만 이제는 몬스터는 완전히 소탕되고 유적을 위한 곳과 삼림을 위한 곳을 빼고는 대부분 개척이 완료된 상태였다.

"하지만 이제는 다르다! 우리는 그때와 다르게 변했고, 더 이상 변방으로 불릴 만한 나라도 아니다. 우리는 합중국을 이겼고, 제국을 이겼다! 우리야말로 진정한 강자다! 저들의 시대는 이제 갈 것이고 앞으로 우리의 시대가 올 것이다!"

"와아아아!"

"동부 남자의 기개를 보여라, 크로아의 형제들아!"

"전하의 명을 받듭니다!"

모두가 큰 소리로 외쳤다.

크로아 왕국과 리안느 왕국으로 이루어진 연합군이 최후의 전투를 위해 움직였다.

(3)

제국의 수도 가까이서 만난 연합국의 군대와 제국의 군대.

더 이상 할 말이 있을 리도 만무했고, 제국이 저지른 학살을 기억하고 있는 이들 사이에 대화가 이루어질 리 만무했다.

두 군대는 아무런 말도 없이 바로 부딪혔다.

콰콰쾅!

모든 것을 걸고 격돌하는 기간트들은 그 자체만으로도 장엄함이 느껴졌다.

타타타탕!

마나탄이 허공을 가득 채우며 쏟아지기 시작했다.

양국의 치열한 격돌을 할 사이 한쪽에서는 거대한 열원이 모였다. 어느새, 연합국의 옆구리 쪽을 겨냥하고 있는 10문의 디스트로이어가 있었기 때문이다.

콰콰콰쾅!

대지를 가르는 파멸의 빛이 엄청난 속도로 연합국의 군대를 집어삼키기 위해 쇄도했다.

—막아라!—

그 순간, 36기의 기간트로 이루어진 별동대가 폭탄을 집어 던지자 공간이 일그러졌고, 일그러진 공간에 닿은 디스트로이어의 파멸의 빛이 허공으로 치솟았다.

36기의 기간트는 멈추지 않고 기간트들을 베며 디스트

로이어를 향해 달려들었다.

단 한 방만 명중하더라도 전황을 단숨에 바꿀 수 있는 병기였기 때문에 디스트로이어는 최우선 파괴 대상이었다.

그러나 제국이라고 그 사실을 모르지 않았기 때문에 방비가 철저했다.

"그렇기 때문에 내가 있는 것이지."

세우스가 웃으면서 자신의 기간트, 블랙 와이번을 움직였다. 완벽하게 개조되어 출력 2.3을 자랑하게 된 블랙 와이번의 뒤를 따라 특무대의 기간트들이 빠른 속도로 달리고 있었다.

우우웅!

블랙 와이번의 검에 형성되는 커다란 녹색의 오러 블레이드. 그 검을 그대로 내지르자 기간트의 흉갑을 단숨에 꿰뚫었다.

콰아앙!

아무리 제국의 방비가 튼튼하다고 하지만 마스터가 포함되어 있는 별동대를 막을 순 없었다. 거기다가 상대적으로 기간트 수가 적었기 때문에 온전히 디스트로이어를 지킬 수도 없었다.

특무대의 기간트들은 단숨에 8기의 기간트들을 완파시키고, 10문의 디스트로이어를 완전히 파괴하는 데에 성공했다.

"벌써부터 디스트로이어의 힘을 상실하게 될 줄은 몰랐군."

카이젤 황제가 이를 지켜보며 얼굴을 찌푸렸다.

설마 별동대 속에 마스터를 포함시켰을 줄은 생각지도 못했다. 대회전에서 승리를 차지하기 위해서는 마스터의 존재가 반드시 필요했기 때문이다.

"하긴 저쪽에는 그랜드 마스터가 두 명이나 있으니 감당할 수 있다는 뜻이겠지. 벌써부터 비장의 수를 풀어 버리는 것은 재미없지만 어쩔 수가 없군."

중얼거리는 것을 마치자 카이젤 황제는 전에 아이반 공작이 눌렀던 것과 같은 마법 장치를 눌렀다.

이번에 회전에서 활약시키기 위해 제국군의 문양이 새겨지지 않은 적만 공격하기로 설정이 되어 있기 때문에 굳이 군을 물릴 필요가 없었다.

쿠오오오오!

전장 자체를 집어삼킬 것만 같은 거대한 기운이 뿜어져 나오기 시작했다. 그리고 오직 어둠으로만 이루진 기간트가 그야말로 허공에서 날아오듯 쇄도해 착지했다.

콰아앙!

굉음과 함께 땅에 커다란 크레이터가 형성되었지만 이미 그곳에 검은 기간트는 없었다. 어느새가, 연합군의 기간트들 사이로 파고든 검은 기간트가 검을 휘두르자 순식간에 한 기의 기간트가 양단되며 폭발을 했다.

"왔군!"

하지만 이것을 기다리고 있는 남자가 있었으니 바로 헤르매스 드 리안느 국왕이었다.

디스트로이어가 파괴되면 약세인 제국군을 위해 로드 나이트를 파견할 것이라는 참모들의 생각이 맞아떨어진 것이다.

우우웅!

골든 이지스의 마나 드라이브가 격렬하게 움직이며 검은 기간트, 다크니스를 향해 달려들었다.

공간 이동을 하는 것과 같이 빠른 속도로 움직여 그대로 골든 이지스는 다크니스의 흉갑을 걷어찼다.

콰아앙!

굉음과 함께 튕겨져 나가는 다크니스는 땅바닥을 굴렀다.

아무런 충격도 받지 않았는지 가볍게 일어서는 다크니스. 그러나 그 주변에는 이미 살의와 오러가 일체화된 무시무시한 기운이 뿜어져 나오고 있었다.

"이성을 잃은 괴물이 되었다고 하더니, 정말인가 보군. 누군지는 모르지만 악마라고 지은 것은 정말 잘했어."

헤르매스 국왕이 싸늘하게 웃으면서 중얼거렸다.

—가증스러운 위선자의 말로가 그 꼴이면 신은 정말 있나 보구나, 로드 나이트! 위선을 행한 대가가 그딴 꼴이라니, 있는지도 모르는 신에게 감사를 하고 싶군!—

—크허허허엉!—

이성을 상실했음에도 자신이 욕을 먹고 있다는 것을 깨달은 것인지 사납게 포효하며 달려드는 흑기사.

—이성을 잃은 그 모습이 필경 개새끼 같구나! 너와 같이 거짓된 이름을 얻은 자에게 가장 잘 어울리는 모습이다!—

평소와 달리 엄청난 독설을 내뱉으며 다크니스의 공격

을 막아 내는 골든 이지스. 그 싸움은 그야말로 빛과 어둠의 싸움이었다.

콰콰콰쾅!

두 기간트가 검을 휘두를 때마다 생기는 충격파가 엄청나 그 근처에서는 감히 기간트가 있을 수가 없었고, 따라서 전선의 형태가 기괴하게 얽히기 시작했다.

그러나 두 초월자의 싸움도 전투를 막을 수는 없었다.

"네놈의 생각 따위는 다 알고 있다, 미친 황제. 네놈의 사고방식이 거기서 거기지."

카젠트가 얼굴이 일그러진 황제를 상상하며 웃었다. 그러나 황제는 여전히 미소를 짓고 있었다.

비록 그에게 패배했다고는 하지만 로드 나이트의 힘은 변함이 없었고, 이제 막 그랜드 마스터가 된 헤르매스 국왕보다 강하다고 믿고 있었기 때문이다.

"그래도 귀찮게 되었군."

카이젤 황제는 고개를 저으며 말을 했다. 그가 생각했던 것보다 전투는 훨씬 지루하게 펼쳐질 것 같았다.

전선은 고착된 채 연합군과 제국군은 서로 밀리지 않고 치열한 공방전을 벌이고 있었다.

괜히 제국군이 난전에서 최강이라는 말을 듣는 것은 아니었는지 수가 많은 연합군의 기간트들을 상대로 대등하게 싸우는 것이었다.

아이반 드 페트릭 공작의 드래곤 플레임과 그가 이끄는 부대는 착실히 연합군의 기간트들을 밀어내고 있었다. 오랫동안 공작의 가르침을 받은 기사들은 공작의 제자나 다름없었고, 그만큼 강력한 힘을 보였다.

그때, 드래곤 플레임을 향해 날아오는 오러 블레스트.

콰광!

재빨리 몸을 틀어 마나탄을 쏘아 오러 블레스트를 격추시킨 드래곤 플레임이었다. 그리고 자신을 향해 오러 블레스트를 날린 기간트를 바라보았다. 로열 블레이드, 바로 레기오스 드 파르테온 공작이었다.

—그대의 상대는 내가 해 주지.—

—부족함이 없는 상대군.—

오오웅!

드래곤 플레임의 마나 드라이브가 주인의 의지에 동조

하듯 더욱 힘차게 회전하기 시작했다.

붉은 오러로 휘감긴 드래곤 플레임과 황금색의 오러로 휘감긴 로열 블레이드가 서로를 향해 달려들었다.

디스트로이어를 파괴하기 위해 파견된 세우스는 그야말로 너무나 쉽게 임무를 완수하였다.

—어이, 대장, 제국이라고 해서 대단할 줄 알았는데 별거 아닌데요?—

테드가 웃으면서 세우스에게 통신으로 말을 걸었다. 소드 엑스퍼트 최상급 경지에 오른 그의 기세는 예전의 경박했던 그와는 전혀 다른 분위기를 만들었다. 그러나 여전히 웃음이 많은 성격이었다.

—이것으로 승부를 볼 생각이, 제기랄!—

답을 하려고 했던 세우스였지만 황급히 몸을 날려 검을 휘둘렀다.

콰콰쾅!

어디선가 날아온 3개의 오러 블레스트를 모조리 쳐 내는 블랙 와이번. 하지만 완벽하게 기세를 줄인 것이 아니라서 충격파가 어깨 장갑을 파괴했다.

세우스는 얼굴을 굳히며 자신을 공격한 기간트를 바라

보았다.

검붉은 기간트가 날카로운 기세를 뿜으며 서 있었다. 엘카디스 드 로람 후작의 베히모스. 그리고 그 주변에는 엠파이어 기사단의 기간트들이 서 있었다.

—잘도 해 줬더군, 크로아 왕국의 기사. 정체를 밝혀라.—

—세우스 드 프리오다.—

—오, 그대인가? 과연 그대라면 이들이 버티지 못한 것이 당연하군. 하지만 너무 날뛰었어!—

베히모스의 주변으로 거센 기파가 휘몰아쳤고 엄청난 속도로 달려들었다. 베히모스를 선두로 한 엠파이어 기사단의 기간트 30기와 블랙 와이번을 선두로 한 크로아 왕국의 특무대 36기가 격돌했다.

(4)

"저렇게 나오겠다는 것인가?"

마르카 드 레이타 후작은 얼굴을 찌푸리며 지휘를 계속했다.

그의 기간트, 블랙 팔콘에게는 특수한 기능이 있었다.

옵저버 기능. 전장 자체를 모두 볼 수 있게 해 주는 이 기능을 통해 그는 황제를 대신하여 군을 지휘하고 있었다.

그렇게 제국군을 지휘하는 막중한 임무를 받은 그였지만 생각대로 되지 않은 군의 움직임에 얼굴을 찌푸렸다.

"철저히 지휘관만 노릴 줄이야."

마스터의 진정한 가치는 난전에서 빛을 발휘한다. 압도적인 힘과 카리스마로 부하들을 휘어잡아 전진하게 만들어야 하는 것이 바로 마스터의 역할인데 저들은 그것을 이루지 못하게 막고 철저히 늘어졌다.

지휘하는 입장인 그가 열을 받지 않을 수가 없었지만 그래도 지휘를 해야 했다.

—제12부대는 우회하라! 그곳이 적의 취약한 부분이다! 그래도 돌파라!—

10기씩 총 18부대까지 만들어 놓아 번호를 붙여 지휘를 하는 마르타 후작. 그의 지시하에 제12부대의 10기의 기간트들은 그대로 리안느 왕국의 기간트들을 공격을 했다.

콰쾅!

굉음이 울려 퍼지고 쓰러지는 리안느 왕국의 기간트들.

—좋아, 잘하고 있다. 제16부대는 거기서 그대로 버텨라! 절대 밀리지 마라! 제8부대는 제16부대가 상대하는 적의 뒤를 공격하라!—

마르카 드 레이타 후작의 적절한 지휘에 수적 열세에도 불구하고 제국군은 연합군을 밀어내기 시작했다.

"대단한 지휘관인데?"

아르젠이 얼굴을 찌푸리며 전황을 살펴보더니 말을 했다. 미약한 차이이기는 하지만 분명 연합군이 밀리고 있었다. 적의 지휘관은 너무 쉽게 연합국의 약점을 알고 그곳을 찔러 들어오자 연합군은 이를 버티지 못하고 전열이 붕괴하기 시작했다.

비록 소수에 한정되었지만 그런 상황이 일어났다는 것 자체가 문제였다.

"그러고 보니 마르카 드 레이타 후작은 어디에 있지?"

자신이 상대하기로 한 존재가 눈에 띄지 않자 기분이 나빠지기 시작한 아르젠이었다. 모두가 치열하게 싸우고 있는데 그 혼자서만 놀 수는 없는 노릇이었다.

"후방을 지키고 있는 것인가? 그라면 가능하기는 하겠군."

기사로서의 자질도 매우 뛰어나지만 진정한 진가는 바로 지휘라고 알려진 명장이 바로 마르카 드 레이타였다. 어떤 원리인지는 모르지만 그는 후방에서 부대를 지휘하고 있는 것이 틀림없었다.

—근위기사단은 이제부터 적의 후위를 공격한다. 이대로라면 아군은 패하고 만다!—

—단장님의 명을 받듭니다!—

5기의 크림슨 나이트가 그대로 도약하고 그의 뒤를 따라 31기의 근위기사단 기간트가 전장을 가르며 후방을 향해 뛰어가기 시작했다.

그때, 카젠트의 블러디 나이트는 전장과 꽤 멀어진 곳을 향해 뛰어가고 있었다. 누군가 그를 부르고 있다는 것을 단숨에 알아채고 전역에서 이탈한 것이다.

그리고 그가 도착한 곳에는 블러디 나이트와 비슷한 크기를 한 기간트가 당당히 서 있었다. 카젠트는 거기에 바로 황제가 탑승하고 있다는 것을 깨달았다.

치익!

기간트 엠파이어의 해치가 열리고 황제가 모습을 드러냈다. 카젠트가 무시하고 바로 검을 휘두르면 바로 전사할 수 있었는데도 그는 나온 것이다. 하지만 상대가 그렇게 나온 이상 카젠트 역시 거기에 응해야 했다.

치이익!

해치가 열리고 카젠트 역시 블러디 나이트에서 빠져나왔다.

두 사람은 한동안 아무런 말도 하지 않고 서로를 응시했다. 그리고 먼저 입을 연 것은 카이젤 황제였다.

"과연, 켄슈타인이 그대를 나의 동류라 불렀는지 알 것 같구나. 그대를 휘감고 있는 기운은 바로 왕의 기운(King's Aura). 진정한 왕으로 선택받은 자만이 가지고 있는 인간을 초월한 힘이 아닌가?"

카이젤 황제의 말에 그제야 카젠트는 왜 자신이 카이젤 황제를 처음 보았으면서도 익숙하게 느껴졌는지 깨달았다. 그가 왕의 기세로 알고 있는 힘을 눈앞의 존재 역시 가지고 있었던 것이다. 오로지 하늘로부터 선택받은 왕만이 가질 수 있다는 힘을 말이다.

"그렇군. 그대 역시 가지고 있었던 것인가?"

카젠트가 담담히 되묻자 카이젤 황제는 웃으면서 고개

를 끄덕였다.

"재미있구나! 정말 재미있어! 루시아가 과연 눈이 삔 것이 아니었구나. 그대 역시 루시아가 원하는 이상의 길을 걷는 것인가!"

압도적인 살기를 내뿜으며 외치는 카이젤 황제. 하지만 카젠트는 황제를 무심한 눈으로 바라보며 입을 열었다.

"이상이 아니다. 내가 원하는 것은 모든 사람들이 그저 최소한의 권리를 되찾을 수 있기를 바라는 세상. 그것을 위해 나는 검을 뽑아 나의 조국을 향해 휘둘렀고, 방해하는 모든 이들을 베었다. 설령 모두를 구할 수 없더라도 나는 모두를 구하기 위해 노력할 것이다."

"하하하! 그야말로 왕이라는 가면을 쓴 위선자가 아닌가! 그런 불가능한 이념을 가지고 왕을 자처한단 말인가! 나라나 백성들은 그들이 가진 신명을 왕이나 황제에게 바치는 것이다! 동류라 여긴 그대에게 그딴 저열한 말을 들을 줄이야!"

얼마나 웃겼는지 미친 듯이 웃음을 터뜨리는 카이젤 황제였다.

"너와 같은 자를 베기 위해 나는 검을 들어 올렸다. 더 이상 그런 사고방식은 이 대륙에 필요 없다!”

카젠트는 무심한 표정을 유지했지만 강하게 외쳤다.

카이젤 황제는 여전히 웃음을 터뜨리고 있었다.

“네놈은 이상의 체현자에 불과하다. 웃긴 것은 마찬가지지만 그래도 불쾌하군. 이런 헛소리를 들으려고 그대를 보려고 한 것은 아니었는데 말이다. 그래, 결정했다. 역시 네놈은 짐이 손수 죽여 줘야겠군.”

“나야말로 네놈을 죽여 이 악순환을 끊겠다. 네놈이 저지른 그 악행들이 다시 일어나지 않기 위해서라도 네놈은 사라져야 한다.”

그 말에 얼굴이 굳어지는 카이젤 황제. 그러더니 그가 한숨을 내쉬었다.

“영혼을 구제할 수 없을 정도로 처참하게 죽여 주마.”

그 말을 끝으로 둘 모두 자신의 기간트로 들어갔다. 그리고 기동하기 시작한 두 기간트.

처음부터 하늘이 내린 왕인 두 사람. 그러나 그것으로 멈추지 않고 스스로 인간의 경지를 능가한 초월자가 된 두 사람.

출발은 같았으나 끝은 완전히 대척점이 되어 서로를 마

주 보는 두 사람이었다.

서로 다른 이념을 가진, 처음으로 만난 두 사람이 드디어 결착을 내기 위해 부딪혔다.

(5)

마르카 후작은 모든 심력을 쏟아부어 지휘를 했다.

그의 군을 쪼개면서 서서히 포위진을 형성하는 마르카 후작의 지휘는 너무나 압도적이어서 연합군은 제대로 대응하지 못하고 완전히 밀리고 있었다.

"이상하군. 숫자가 좀 부족한데?"

마르카 후작은 싸우면서도 이상하다는 느낌을 버리지 못했다.

분명히 제국군이 압도하고 있었지만 왠지 모르게 연합군의 숫자가 적다는 것을 파악한 것이다. 본래라면 연합군이 이렇게까지 쉽게 밀릴 리가 없는데 말이다.

"설마!"

순간 떠오른 가정에 마르카 후작의 얼굴이 하얗게 질렸다. 파악한 정보에 의하면 연합군에서 마스터 이상의 경지에 오른 이는 5명이었다. 그런데 여태까지 파악한 사람은 총 4명이었다.(그는 이미 황제가 카젠트 국왕을 불렀다는 것을 알고 있었다.)

"나머지 1명은?"

콰쾅!

갑작스러운 폭발과 함께 그를 호위하고 있는 제9부대의 기간트 중 2기가 쓰러졌다. 기간트를 쓰러뜨린 것은 바로 마나탄이었다.

—역시 여기 있었군, 마르카 드 레이타 후작. 본인은 아르젠 드 토렌, 직위는 후작이며 크로아 왕국의 근위기사단 단장이다. 죽기 전에 자신을 죽인 상대는 알고 죽도록!—

파앗!

아르젠의 크림슨 나이트가 달려들고, 근위기사단의 기간트도 달려들었다.

그야말로 압도적인 힘.

크로아 왕국에서 가장 실력이 좋은 이들만을 뽑아 구성했다고 알려진 근위기사단이라면, 제9부대는 마르카 후작의 제자들이나 다름없는 기사들이었다.

서로의 실력이 차이가 없지만 수적 차이가 너무 컸다.

근위기사단의 기간트들은 3기씩 짝을 지으며 1기를 상대했다.

동등한 실력을 가진 이들이 3명씩 짝을 지어 공격하자 제9부대의 라이더들은 이를 버티지 못했다.

너무 쉽게 괴멸된 제9부대.

그리고 아르젠의 크림슨 나이트도 마음껏 날뛰고 있었다. 옵저버 기능은 사용자의 정신을 매우 피로하게 만드는 것. 군 전체를 지휘하느라 심력이 거의 소모된 마르카 후작과 달리 아르젠은 생생했다.

콰콰쾅!

크림슨 나이트의 강대한 오러 블레이드가 허공을 가르며 블랙 팔콘을 향해 떨어졌다. 재빨리 검을 들어 올려 막아 내는 블랙 팔콘이지만 반응이 느렸다.

콰아앙!

검을 넘어 블랙 팔콘의 어깨를 관통한 크림슨 나이트의 검.

—네놈!—

허벅지의 마나캐논이 불을 뿜었지만, 이미 크림슨 나이트는 그곳에 없었다. 블랙 팔콘의 뒤를 점한 크림슨 나이트는 그대로 검을 내질렀다.

하지만 아무리 지쳐도 마스터라는 위명은 어디 가지 않는지 마르카 후작은 모든 감각을 활성화시켜 공격을 감지했다. 블랙 팔콘이 팽이처럼 몸을 돌리며 크림슨 나이트의 찌르기 공격을 회피했다.

—그딴 건 이미 예상했다고!—

검을 거둬들이지 않고 바로 수평으로 그었다.

검이라고 하기에는 너무나 난폭한, 도끼를 휘두르는 것과 같은 공격이었다. 하지만 너무나 효율적인 이 공격은 그대로 블랙 팔콘의 옆구리를 시작하여 가슴까지 그어 올라갔다.

해치와 마나 드라이브까지 베었음은 두말할 것도 없었다.

"시시하군."

콰아아아아앙!

아르젠의 말과 함께 블랙 팔콘은 그대로 파괴되어 흔적도 남기지 못하고 산산조각 나고 말았다.

7인의 기사 중 서열 5위 마르카 드 레이타 후작, 아르젠 드 토렌의 의해 전사했다.

압도적으로 이긴 아르젠과 근위기사단과 달리 세우스의 특무대는 상당히 고전하고 있었다.

엠파이어 기사단이 왜 최강의 기사단이라 불리는 것인지 입증하듯 부족한 수로도 특무대를 압도하고 있었던 것이다.

세우스 역시 자신보다 강한 엘카디스 후작을 상대로 고전을 면치 못하고 있었다.

—네놈은 처음 본 날부터 거슬렸지.—

쿠오오오!

극한에 이른 오러 블레이드를 마구 휘두르며 공격을 퍼붓는 베히모스. 그럴 때마다 블랙 와이번의 상처가 늘어나고 있었다.

으드득!

베히모스의 오러가 실린 왼쪽 주먹이 쇄도하자 간신히 왼팔을 들어 올려 가드를 시도한 블랙 와이번이지만 오러의 힘을 버티지 못하고 왼팔이 완전히 으스러졌다.

"하아아아!"

하지만 개의치 않고 앞으로 질주해 베히모스를 밀어내는 블랙 와이번. 으스러졌지만 회선이 끊어진 것은 아니라서 가까스로 움직여 베히모스의 왼팔에 얽혀 터뜨렸다.

콰아아앙!

베히모스의 왼팔과 블랙 와이번의 왼팔이 동시에 폭발했다.

—귀찮게 하는군!—

열 받은 엘카디스 후작의 외침과 동시에 베히모스가 무릎으로 블랙 와이번의 흉갑을 찍었다.

"커헉!"

그대로 땅바닥을 구르는 블랙 와이번. 세우스는 피를 토하면서도 일어났다. 상대가 자신보다 강하다는 것은 이미 알고 있었지만 그는 결코 두려워하지 않았다.

그것을 깨달은 것인가?

베히모스의 주변으로 펼쳐지는 푸른색의 오러 테라토리. 오러 테라토리는 그대로 블랙 와이번을 집어삼키기 위해 쏟아졌다.

"그것을 펼치기를 기다렸다!"

블랙 와이번의 녹색 오러 블레이드의 색깔이 그대로 사라졌다. 하지만 이것은 기간트의 힘을 받아들인 다른 마스터들과는 경우가 달랐다.

카젠트의 경우 마스터가 아님에도 어느 순간부터 전혀 오러의 색을 보이지 않았다. 유적의 검술을 깨우친 그는 분명히 다른 이들과는 달랐고, 그 이유를 세우스에게 가르쳐 준 카젠트였다.

중요한 것은 압축이었다. 마스터의 극강한 의지로 압축을 하기를 소망하면 오러는 주인의 의지를 받아들이고 압축이 되어 색이 사라진다.

그랜드 마스터의 고유한 권능보다는 못하지만, 그 위력이 기존의 오러 블레이드를 능가한다는 것은 변함이 없었다.

블랙 와이번의 검과 오러 테라토리가 부딪히자 오러 테라토리는 밀려 나가기 시작했다. 검과 테라토리의 접점에서 블랙 와이번이 압도하고 있었다.

—어떻게 네놈 따위가!!!!—

자신이 평생 소망해도 못 간 경지, 못 얻은 기예. 얻기 위해서는 죽음을 불사해야 하는 비의.

적이 펼친 것이 그러한 것이 아니라는 것은 이미 알고 있었다. 기운이 전혀 달랐던 것이다. 하지만 분명히 세우스의 검에 펼쳐진 것은 무형의 오러.

오러 테라토리를 가른 블랙 와이번은 멍한 상태의 엘카디스 후작의 베히모스를 양단했다.

—굳이 말하면 꼼수였다. 생각보다 쉬운 거였지. 원리

만 알면 말이야. 그것을 모른 것이 너의 패착이라면 패착이다.—

콰콰쾅!

베히모스가 그대로 폭발했다.

7인의 기사 중 서열 3위 엘카디스 드 로람 후작, 세우스 드 프리오에 의해 전사했다.

"헉…… 헉……."

세우스가 거칠게 호흡을 가다듬으며 적들을 노려보았다. 특무대의 기간트 중 벌써 절반 이상이 쓰러져 있었다. 그가 온 힘을 모아 대항을 하려고 했지만 방금 오의로 인해 더 이상 힘을 낼 수가 없었다.

간신히 막는 것이 한계였다.

그런 세우스를 상대로 단장의 복수를 하기 위해 달려드는 엠파이어의 기간트들.

한 명, 한 명이 엑스퍼트 상급 이상인 기사들이었고, 많은 이들이 최상급의 기사들이었기 때문에 버티는 것조차 힘겨웠다.

—네놈들, 여기 있었구나!—

어디선가 쇄도하는 붉은 오러 블레스트.

콰광!

외침과 함께 세우스의 블랙 와이번을 공격하던 기간트의 허리가 잘려 폭발했다.

그리고 높게 도약하여 쇄도하는 아르젠의 크림슨 나이트. 그뿐만 아니라 크로아 왕국의 근위기사단이 모두 달려오고 있었다.

—항상 궁금했단 말이야. 최강이라 불리는 기사단이 얼마나 강한지 말이야. 단장이 죽었으니 나는 빠져 있겠다.—

물러서는 아르젠의 크림슨 나이트. 그런 그를 대신하여 근위기사단과 엠파이어 기사단이 격돌했다.

승부는 매우 치열했다. 하지만 시간이 지날수록 엠파이어 기사단이 밀리기 시작했다.

크로아 왕국의 특무대가 그들보다 약하다고는 하지만, 경험 많고 실력이 뛰어난 용병들로 이루어진 부대였다. 그런 그들을 상대하느라 지친 엠파이어 기사단이었기에 체력적인 문제가 발생했던 것이다.

반면 크로아 왕국의 근위기사단은 그렇게 강한 상대를 만나지 않았기 때문에 체력적으로 여유가 있었다. 두 기사단에 차이가 있다면 바로 그 소소한 것이었다. 그리고 그 소소한 차이가 결정적인 차이를 만들어 냈다.

그리고 거기에 특무대까지 가세하자 더 이상 엠파이어 기사단은 이것을 버티지 못했다.

—비겁한!—

기사단과 기사단의 싸움을 제안했으면서 다른 부대를 난입시키자 엠파이어 기사단의 한 상급자가 아르젠을 비난했다.

—전쟁에 비겁은 없다네.—

아르젠은 실실 웃으며 그 기사의 말에 대꾸를 했다.

특무대까지 가세하자 순식간에 엠파이어 기사단은 밀리기 시작했다. 체력적인 문제와 수적 차이는 더 이상 그들을 싸우지 못하게 만들었고, 버티지 못하고 무너지고 말았다.

(6)

한편, 드래곤 플레임의 거검에서 오러 블레스트가 날아가는 것과 동시에 로열 블레이드 역시 오러 블레스트를 날렸다.

콰콰쾅!

빛이 발산하고 폭음이 울리며 생긴 거대한 충격파에 아랑곳하지 않고 두 기간트는 서로를 향해 다시 달려들었다.

로열 블레이드가 먼저 상체를 숙인 채 아래에서 위로 검을 그어 올렸다. 그 공격을 내려쳐서 막는 드래곤 플레임.

하지만 그것으로 끝나지 않고 로열 블레이드는 왼팔의 건틀릿에 장착된 마나캐논을 내밀어 드래곤 플레임의 흉갑에 갖다 대었다.

타타탕!

금빛 마나탄이 순식간에 드래곤 플레임에 작렬한다. 하지만 1초도 되지 않는 시간에 몸을 틀어 흉갑에는 적중하지 않았다. 하지만 마나탄은 드래곤 플레임의 왼쪽 견갑을 강타했고, 견갑은 파괴되었다.

그 탓에 몸의 균형이 무너진 드래곤 플레임을 향해 오러 블레스트를 날리고, 뒤에서 바로 마나탄을 쏟아붓는 로열 블레이드.

콰콰쾅!

공격은 빗나가지 않고 드래곤 플레임을 강타했다. 하지

만 드래곤 플레임은 전혀 충격을 받지 않았는지 아무렇지도 않게 로열 블레이드를 향해 쇄도했다.

"제기랄, 오러 테라토리인가!"

레기오스 공작은 얼굴을 찌푸리며 바로 오러 테라토리를 발현했다. 하지만 드래곤 플레임의 육탄 공격을 방어하기에는 시간이 부족했다.

쿠쾅!

굉음이 울려 퍼지는 것과 동시에 튕겨져 나가는 로열 블레이드.

드래곤 플레임은 멈추지 않고 도약하여 로열 블레이드를 향해 검을 내리꽂았다.

콰앙!

오러 블레이드가 실린 검이 순식간에 땅에 커다란 구멍을 만들었다.

로열 블레이드가 몸을 굴려 공격을 피해서 살아남았던 것이다. 하지만 수십 톤의 무게인 기간트가 구르는 것만으로도 라이더에게 커다란 충격을 주었다.

"과연 서열 2위라는 것인가."

입가에서 흘러내리는 피를 무시하고 자신의 적을 노려보는 레기오스 공작. 금빛의 오러 테라토리로 기간트의 몸을 휘감으며 드래곤 플레임을 향해 다시 검을 휘둘렀다.

굉음과 함께 밀려나는 두 기간트.

먼저 몸을 추스른 드래곤 플레임이 엄청난 속도로 검을 내질렀다.

콰앙!

음속을 돌파할 정도로 빠른 검이 로열 블레이드의 옆구리를 가르고 지나쳤다. 오러 테라토리로 인한 방어는 더 밀도가 높은 오러 블레이드를 막아 내지 못했다.

그러나 레기오스 공작은 개의치 않았다. 팽이처럼 몸을 돌린 로열 블레이드가 단숨에 검을 밀어 넣었다.

콰앙!

재빨리 검을 거둬들여 막아 내지만, 완전히 막아 내지 못해 검이 오른쪽 흉갑을 살짝 갈랐다.

—지겹군, 레기오스 드 파르테온!—

무심한 아이반 공작의 말에 레기오스 공작의 두 눈이 분노로 타올랐다.

—내가 할 소리다!—

두 사람은 이대로라면 승부가 나지 않는다는 것을 느꼈다. 서로의 실력이나 기간트의 성능은 완전히 동등. 검술의 스타일도 비슷했기 때문에 어떤 방법을 써도 승부가 나지 않았다.

—끝을 내겠다, 레기오스 드 파르테온!—

—더 이상 네놈이 내일의 태양을 보는 일은 없을 것이다, 아이반 드 페트릭!—

두 사람은 엄청난 살의와 모든 힘을 검 하나에만 집중했다. 그리고 그 검을 들고 달려든 두 기간트는 약속이라도 한 듯이 서로를 향해 검을 내질렀다. 한 지점에서 교차하는 두 검은 부딪히지 않고 쇄도했다.

콰드드득!

강력한 합금으로 이루어진 장갑이 일그러지는 소리와 함께 주저앉는 드래곤 플레임. 찬란했던 로열 블레이드의 오러 블레이드는 기존의 5m와 다르게 더 길어져 있었고 색깔 역시 없었다.

—어떻게 그랜드 마스터의 경지에…….—

아이반 드 페트릭 공작이 떨리는 목소리로 물었다. 로열 블레이드의 검은 해치와 마나 드라이브를 관통했을 뿐만 아니라 그의 허리와 복부를 꿰뚫었다.

"아닐세. 우리는 여태까지 잘못 생각하고 있었어. 오러 블레이드의 강력한 힘에 매료되었기 때문에 우리는 한층 더 강해질 수 있는 경지를 알면서도 보지 못한 것이야. 우리가 오러 블레이드에 대한 맹신을 버릴 때, 더욱 발전할 수 있는 길이 열리지. 설령 그것이 그랜드 마스터의 경지가 아닐지라도."

—쿨럭! 평생을 검에 바쳤건만…… 맹신에 대한 대가인가…….—

콰아아앙!

폭발과 함께 사라지는 드래곤 플레임. 그것을 쓸쓸한 눈으로 바라보는 레기오스 공작이었다.

"잘 가게나."

7인의 기사 중 서열 2위 아이반 드 페트릭 공작, 레기오스 드 파르테온 공작에 의해 전사.

한편, 다크니스와 골든 이지스의 싸움은 그야말로 신과 신의 싸움이었다. 주변에는 어떤 기간트도 없었다. 충격파가 1km 훨씬 넘게 퍼지는데 남아서 죽음을 자초할 생각은 그 누구에게도 없었던 것이다.

아니, 두 기간트가 검을 맞닿을 때마다 지형이 바뀌었

다. 무형의 오러 블레이드를 유지하고 말 그대로 공간을 베면서 서로를 공격하는 두 기간트.

—이성을 잃었으면서도 잘도 검을 휘두르는구나. 역시 비천한 사냥개다, 기사로서의 긍지를 상실한 놈!—

헤르매스 국왕은 그답지 않은 독설과 폭언을 내뱉었다. 아버지의 원수를 만난 아들이었기에 때문에 감정이 고양되는 것은 어쩔 수가 없었다.

서로 어둠과 빛이라는 뚜렷한 존재감을 형성한 두 기간트들로 인해 더 이상 전투는 유지되지 못했다. 어느새 두 기간트의 싸움이 전장을 아우르고 있었던 것이다. 모두들 충격파에서 도망치는 데에 급급했다.

콰아아악!

반월형 모양의 검은 오러 블레스트 수십 개가 골든 이지스가 움직일 수 있는 모든 방향을 차단하며 쏟아졌다.

—어딜!—

골든 이지스를 휘감는 금빛의 구.

오러 블레스트 수십 개가 금빛의 구를 강타했지만 구는 깨지지 않았다.

이 능력이야말로 골든 이지스의 능력. 공방일체의 오

러 테라토리를 훨씬 능가하는 단단함을 자랑하는 신의 방패(이지스).

그랜드 마스터가 된 헤르매스 국왕이 깨달은 이 장치는 공간마저 왜곡하기 때문에 공간을 가르는 그랜드 마스터의 공격마저 막아 내는, 그야말로 엄청난 능력이었다.

이것을 방패 삼아 다크니스를 향해 달려드는 골든 이지스.

반면, 다크니스에게는 오직 공격만 있는 것 같았다.

콰콰콰쾅!!!

두 기간트가 부딪히자 운석이라도 떨어진 것만 같은 거대한 크레이터가 형성되어, 지켜보는 모든 이로 하여금 공포를 느끼게 만들었다.

소드 마스터가 경외의 대상이라면 저 두 존재는 그저 공포였다. 일반적인 노력과 뛰어난 재능만으로는 결코 닿을 수 없는, 선택받은 자들의 경지는 그만큼 두려운 것이었다.

하지만 서로의 편에 있다는 것이 그만큼 안심되었기 때문에 각기 그들의 초월자를 응원했다.

—지독하군요.—

아르젠의 기간트에서 울려 퍼지는 말에 자신의 기간트에 있는 두 사람 역시 고개를 끄덕였다.

레기오스 공작이 펼친 오러 테라토리로 인해 그나마 다른 기체들보다는 가까이 있었지만, 반경 1km 안에 들어간다면 오러 테라토리 역시 순식간에 찢어지기 때문에 접근할 수 없었다.

그래도 초인의 시각은 그 정도는 충분히 관찰할 수 있기 때문에 상관은 없었다. 단지 그들로서는 너무나 먼 경지이기 때문에 안타까울 뿐이었다. 하지만 보는 것만으로도 느껴지는 것은 있었다.

—저 검은 기간트는 무섭군요. 어느새, 골든 이지스의 힘을 잠식하고 있어요.—

아르젠의 설명이 아니더라도 두 사람은 그것을 깨달았고, 안색이 어두워졌다.

어둠이 빛을 집어삼키고 있었다. 그것을 증명하듯 골든 이지스의 신의 방패는 이미 여기저기 어둠으로 그 찬란한 빛이 사라지고 있었다. 그러나 헤르매스 국왕의 두 눈은 여전히 불타오르며 적의를 내뿜고 있었다.

콰아아앙!

거대한 폭발과 함께 모든 것을 막는다는 신의 방패에 균열이 가기 시작했다.

엄청난 힘이 담긴 검을 음속을 초월한 속도로 휘두르는 다크니스의 공격을 골든 이지스는 따라가지 못했다.

신의 방패에 신경을 쓰면서 검을 휘두르니 제대로 집중을 할 수가 없었다. 하지만 신의 방패가 없었다면 이미 다크니스에 의해 파괴되었을지도 몰랐다. 처음에는 비슷했지만 시간이 지날수록 두 사람의 격차가 확연히 드러났다.

콰드득!

신의 방패를 비집고 들어오는 다크니스. 거의 상반신 전체를 집어넣은 다크니스를 보며 헤르매스 국왕은 쾌재를 불렀다.

—잡았다!—

우우웅!

신의 방패가 사라지는가 싶더니 그대로 주변에 거대한 구를 형성해 다크니스를 가뒀다.

콰아아아앙!

공간을 왜곡시키는 거대한 폭발이 일어났다.

"끝인가?"

한숨을 내쉬며 폭발로 인해 생긴 먼지와 연기로 가려진 곳을 바라보았다. 모든 것은 이 한 번의 기회를 포착하기 위해 일어난 싸움이었고, 밀리면서도 제대로 함정에 상대를 몰아넣을 수가 있었다.

헤르매스 국왕이 그렇게 안심한 순간, 갑작스럽게 본능이 경고했다.

콰드득!

검은 불꽃과 같이 타오르는 오러 블레이드가 15m 정도 되는 길이로 골든 이지스의 왼쪽 어깨를 꿰뚫었다.

"……!!"

공간 안에 있는 모든 것을 말 그대로 소멸시키는 공격을 당하고도 적이 살아 있자 당황하는 헤르매스 국왕이었다.

그리고 연기 속에서 검은 기간트가 걸어 나왔다. 폭발로 거의 모든 장갑이 파괴되어 속이 드러나 있었고, 기간트 여기저기에서도 산발적인 폭발이 일어나고 있었다.

그럼에도 다크니스는 당당히 서 있었다.

콰드득.

다크니스가 걸어올 때마다 골든 이지스의 왼쪽 견갑이 일그러지더니, 결국 폭발하며 왼팔이 땅으로 떨어지고 말았다.

그리고 오러 블레이드를 다시 짧게 만들고 달려드는 다크니스.

헤르매스 국왕은 죽음을 직감하며 온몸을 움직였고, 그에 따라 골든 이지스가 검을 내질렀다.

(7)

자신의 죽음을 직감했던 헤르매스 국왕은 감았던 눈을 떴다. 다크니스의 검은 정확히 골든 이지스의 두부 바로 앞에 멈춰 있었고, 골든 이지스의 검은 다크니스의 흉갑을 관통하고 있었다.

본래라면 다크니스의 검이 골든 이지스의 두부를 가르고 기간트 전체를 잘랐겠지만, 얄궂은 운명 덕분에 골든 이지스에 닿지 않았다.

그 이유는 간단했다. 그 강력했던 폭발은 다크니스의 마나 드라이브를 고장 나게 만들어 버린 것이다.

마나 드라이브가 고장 나자 다크니스의 움직임은 멈출 수밖에 없었고, 그 시간이 바로 골든 이지스에 닿기 바로 직전이었다. 그런 우연 아닌 우연으로 인해 골든 이지스가 바로 다크니스의 흉갑을 관통할 수 있었던 것이다.

—그 찬란한…… 황금빛…… 리안느 왕국의…….—

통신으로 들리는 나지막한 목소리에 헤르매스 국왕의 눈가가 떨렸다. 영원히 잊을 수 없는 원수의 목소리.

—그래. 그대에게 아버지를 잃고 목숨을 잃을 뻔한 헤르매스 드 리안느다.—

—그런 것인가? 과거에 만들었던 업이 이렇게 되돌아온 것인가.—

잠시 동안 힘을 되찾은 것인지 목소리가 또렷해진 알폰스 드 클라인 대공이었다. 그가 과거 로드 나이트라 불리던 시절로 돌아온 것이다.

하지만 이미 그는 거대한 기간트의 검에 몸이 꿰뚫린 상황. 그랜드 마스터가 가진 강력한 생명력으로 이렇게 입을 열 수 있었지만 소모 속도가 빨라 곧 죽을 운명이었다.

—당신의 업이 당신을 미몽에 빠뜨리게 만들었고, 이런

운명을 낳았다. 자신의 업을 원망하며 죽어라!—

콰드득!

골든 이지스가 검을 더욱 밀어 넣었다.

콰아앙!

상반신이 완전히 꿰뚫린 다크니스는 폭발했다.

대륙 최강의 기사만이 가질 수 있는 로드 나이트를 가지고 오직 검으로만 군림한 위대한 기사, 7인의 기사 중 서열 1위 알폰스 드 클라인 대공, 헤르매스 드 리안느 국왕에 의해 전사했다.

승리의 추가 순식간에 연합군 측으로 기울어졌다.

4명의 초인을 잃은 제국군은 연합군의 파상적인 공세를 막지 못하고 밀리기 시작했다.

제국군은 끊임없이 황제를 찾았으나 황제는 그들을 구하러 오지 않았다. 그렇게 제국의 라이더들은 황제를 찾아 부르짖으며 패퇴했다.

다크니스와 골든 이지스의 전투보다 더 격렬한 전투가 지금 벌어지고 있었다.

이성을 잃은 다크니스의 알폰스 드 클라인 대공이나 아직 불완전한 헤르매스 드 리안느 국왕보다 더 완벽한 두 사람의 대결. 그야말로 하늘이 울리고 땅을 뒤흔드는 엄청난 전투였다.

콰콰쾅!!!

핏빛과 같은 기세를 내뿜는 엠파이어와 무형의 기세를 휘감은 블러디 나이트가 서로에게 검을 휘둘렀다.

두 기간트가 서 있던 작은 산은 그들의 격돌로 생긴 충격파를 몇 번 견디지 못하고 그대로 무너졌다.

산이 무너지든 땅이 갈라지든 두 기간트는 상관하지 않고 검을 휘둘렀다.

엠파이어의 검에서 타오르는 핏빛의 오러 블레이드는 불꽃과 같았다. 오러 블레이드보다 훨씬 더 강력한 이름이 아직 없는 그랜드 마스터의 오의.

블러디 나이트의 검은 그런 형상이 없었지만 결코 뒤지지 않고 엠파이어와 대등하게 싸웠다.

콰아앙!

거대한 폭발이 일고, 잠시 두 기간트가 거리를 벌리며 뒤로 물러났다.

"이상하군. 정말 이상해."

카이젤 황제가 의아하다는 듯이 중얼거렸다.

그랜드 마스터가 되면 오러 블레이드가 압축되면서 색을 잃는다. 하지만 완숙해지면 다시 그 상태에서 더욱 선명한 색깔을 가진 새로운 오러 블레이드를 만들어 낸다. 그 힘은 소드 마스터가 가진 그 어떤 힘보다도 강력했다.

하지만 그가 상대하는 카젠트는 달랐다. 여전히 색을 잃은 상태로 싸우고 있지만 결코 카이젤 황제에게 뒤지지 않았던 것이다. 훨씬 고차원적인 힘을 선보이고 있는 이는 분명 카이젤 황제임에도 불구하고.

최소한 카이젤 황제는 그렇게 생각을 했다.

파앗!

엠파이어의 검에서 유성과 같은 구가 수십 개 생성되었고, 곧바로 그것은 블러디 나이트를 향해 쏟아졌다.

구 한 개, 한 개가 오러 블레스트를 훨씬 상회하는 위력을 가진 공격이었다. 그러나 블러디 나이트는 엄청난 속도로 검을 휘두르며 모든 공격을 막아 냈다.

—귀찮게 하는군!—

무심한 것 같으면서도 분노가 어린 카이젤 황제의 음성이 울리는 것과 동시에 엠파이어가 맹렬한 속도로 달려들었다.

한 발자국 내디딜 때마다 땅이 파이며 거의 음속과 가까운 속도로 달려들었다.

2.7이라는 고출력 마나 드라이브와 그랜드 마스터가 만나서 만들 수 있는 경이적인 속도였다.

―과연!―

카젠트는 감탄을 하면서도 엠파이어의 위치를 놓치지 않았다. 그의 회색빛 눈동자가 번뜩이며 오히려 엠파이어의 빈틈을 찾아냈다.

블러디 나이트는 종이 한 장 차이로 피한 다음, 빈 옆구리를 향해 주먹을 내질렀다.

콰드득!

주먹은 그대로 장갑을 깨뜨리며 파고들었다.

쿠쾅!

땅바닥을 구르는 엠파이어.

―네놈!―

더욱 엄청난 기세를 방출하는 엠파이어.

하지만 카젠트의 눈은 의문으로 가득 찼다. 상대가 자신보다 강하다는 것을 알고 있는 카젠트였다. 그런데 싸우면서 이상하다는 느낌을 지울 수가 없었다.

싸우면서 카이젤 황제의 어딘가가 불완전하다고 느낀 것이다.

엄청난 검술을 선보이고 있지만 싸울수록 빈틈이 늘어났다. 처음에는 자신을 유인한다고 생각했다. 그런데 방금 공격으로 카이젤 황제가 그 빈틈을 모른다는 것을 느꼈다.

쿠오오오!

엠파이어의 공격들이 그야말로 폭풍이라도 되듯 거세게 블러디 나이트를 휘몰아쳤지만 블러디 나이트는 꿋꿋이 서서 모든 공격을 받아 냈다.

카젠트로서는 결코 할 수 없는 막대한 양의 마나들로 이루어진 공격을 선보이는 엠파이어였지만 결코 블러디 나이트를 깨지 못했다.

'확실히 불완전하다.'

공격력 자체는 강하지만 그뿐, 거기서 느껴지는 심오함이 전혀 없었다.

공간을 가르는 것과 같은 기술을 써도 그런 느낌은 전혀 지워지지가 않았다. 한마디로 겉멋만 든 느낌이었다.

그도 그럴 것이, 카이젤 황제는 마법 실험을 통해 강제로 경지를 개척한 것이었다. 즉, 몸만 완숙한 그랜드 마스터이지 정신은 이것을 뒷받침하지 못했다.

반면 카젠트는 육체와 정신이 모두 균형을 이루고 있으니 카이젤 황제가 아무리 날고 기어도 카젠트를 이길 수는 없었다.

"그렇다면!"

블러디 나이트의 마나 드라이브가 모든 힘을 내뿜기 위해 격렬하게 회전했다.

왕의 기간트는 카젠트가 가진 왕의 기세와 공명을 하기 시작하며 더욱 엄청난 힘을 만들었다.

기간트들의 힘을 라이더가 받아들이는 것은 모두 이 기술을 모방한 것에 지나지 않는다. 고대에서 오직 진정한 왕을 위해 만든 기간트가 각성한 것이다.

—하아앗!—

카젠트의 외침이 사방을 울렸다. 그리고 블러디 나이트는 막강한 엠파이어의 모든 공격을 막아 내고 엠파이어에게 다가갔다.

이에 경악한 카이젤 황제는 더욱 강력한 공격을 가하기 위해 힘을 모았지만 그 찰나의 틈이 카젠트에게 기회를 주었다.

콰아아아앙!!!

단숨에 엠파이어를 베어 버린 블러디 나이트.

엠파이어의 폭발과 함께 카이젤 황제는 야망을 이루어지지 못하고 죽음과 함께 사라졌다.

에필로그

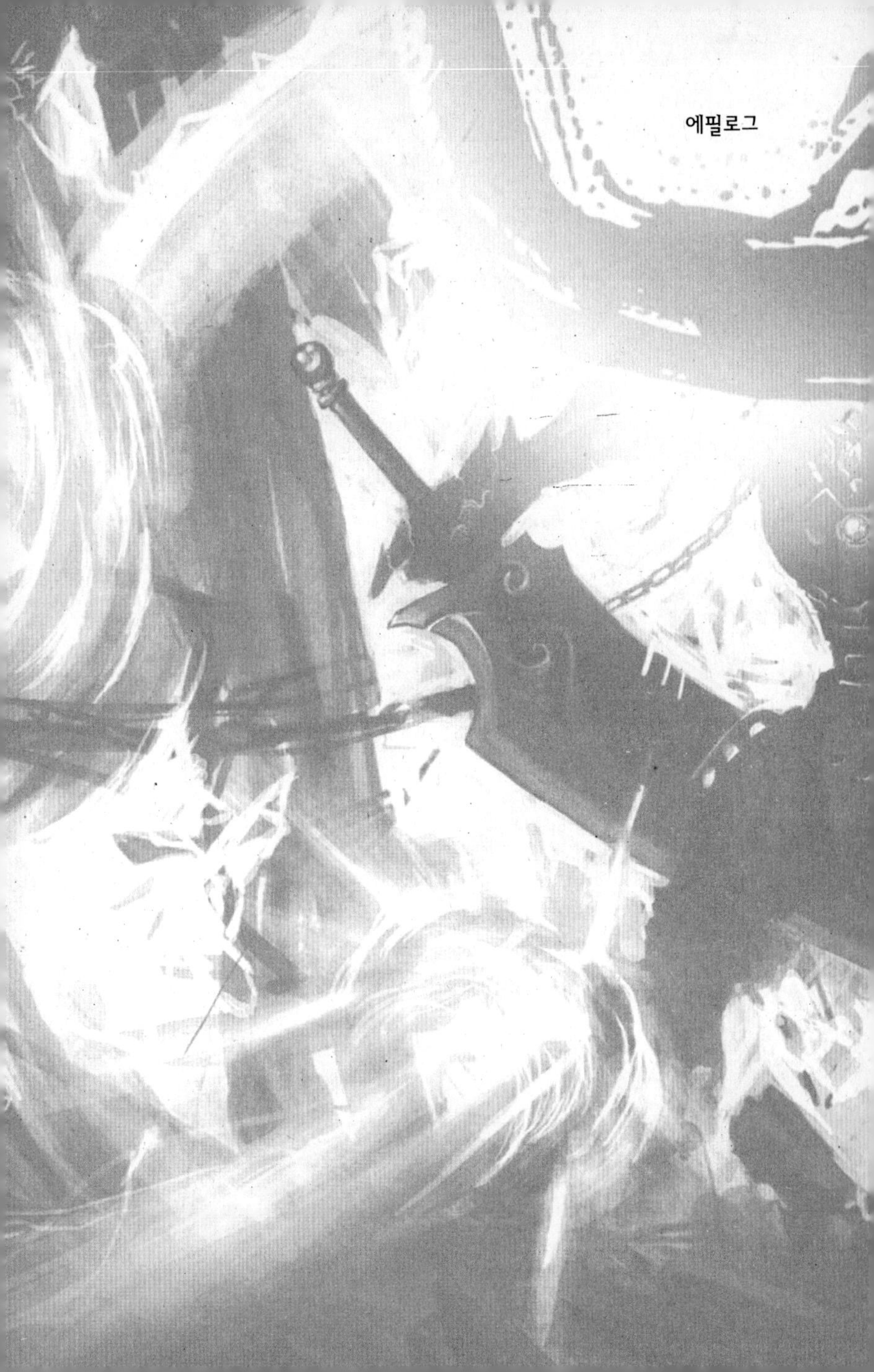

구심점을 잃은 제국은 더 이상 힘을 낼 수가 없었고, 연합국의 공세에 수도를 빼앗기고 말았다.

제국에서 공작 이상의 직위를 가진 이들이 직접 패전 조약을 맺었다. 보상금 같은 것은 없었지만 제국에게는 매우 가혹한 조약이었다.

크로아 왕국과 붙어 있는 북부 대륙의 영토 절반을 할양하고, 제국의 동부 지역을 리안느 왕국에게 할양하는 것이었다. 거기다가 당분간 기간트를 생산할 수 없게 만들었다.

도망친 3명의 대마법사들도 헤르매스 국왕에 의해 처단되었다.

그렇게 최후의 전쟁을 마무리한 카젠트는 당당히 본국으로 개선을 했고, 모든 백성들이 환호를 했다.

개선한 장소에서 바로 카젠트는 제국을 선포했다. 영토로만 따지면 가장 큰 국가가 되었고, 현재 크로아 왕국 이상의 국력을 가진 국가가 없었기 때문에 가능했다.

하지만 제국과 같은 전제주의 형식의 국가가 아닌, 철저히 입헌주의를 따르는 국가였다.

카젠트는 모든 권력을 손에서 놓았고, 오직 군사권만을 소유했다. 나머지 영역은 모두 의회에서 관할하게 되었다.

리안느 왕국과 타이렌 합중국은 전후 복구로 당분간 대외적인 활동이 거의 불가능했다. 워낙 입은 피해가 커서 20년 동안은 외부로 진출하는 것이 불가능했다.

제레미아 제국은 그야말로 난장판이었다. 수도를 제외한 거의 모든 영지에서 반란이 일어났고, 특히 북부 대륙에서 그 현상이 매우 심했다.

크로아 왕국으로 편입된 영토의 영주들은 거의 모두 추방되었기 때문에 이들의 반발이 매우 심했던 것이다.

거기에 언제 크로아 왕국이 쳐들어올 줄 몰랐기 때문에 북부 대륙의 영주들이 불안감을 느끼고 반란을 일으켰던 것이다.

그리고 제국이 왕국으로 격하된 것도 이들의 불만 중 하나였다.

하지만 이 현상은 1년을 가지 못했다. 루시아 폰 제레미아 왕녀를 내세운 크로아 제국의 군대가 반란 세력을 모조리 격파해 버린 것이다.

현재 남아 있는 유일한 왕국의 핏줄인 루시아 왕녀는 백성들에게 마지막 남은 구심점이나 다름없었고, 이를 앞세운 크로아 제국의 선택은 매우 현명했다.

수도에 있던 중앙 귀족들은 루시아 왕녀에게 왕이 되어 달라고 부탁했고, 루시아 왕녀는 카젠트의 동의 아래에 제레미아 왕국을 잇기로 결정하였다.

루시아 왕녀의 즉위 직전.

"정말 괜찮겠어요?"

곧 왕위에 오를 루시아 왕녀가 카젠트를 껴안은 채 물었다.

"괜찮지는 않지만 어쩔 수 없지. 내가 수많은 피를 흘리게 만들었으니 보듬어 줄 사람이 필요하잖아. 그런 것은 나보다 당신이 어울려."

카젠트가 루시아 왕녀의 허리를 쓰다듬으며 말을 했다.

그러나 그의 어투에는 아쉽다는 기색이 역력했다. 이제야 그의 프로포즈를 막 받아들인 루시아 왕녀를 보내는 것이 안타까웠던 것이다.

하지만 그 이유를 잘 알고 있기 때문에 허락할 수밖에 없었다.

"너무 걱정하지 마세요. 그렇게 오랜 시간이 걸릴 것 같지는 않군요."

그 말을 끝으로 카젠트의 품에서 벗어난 루시아 왕녀는 당당히 왕이 되었다.

그리고 그녀의 말은 사실이 되었다.

제레미아 왕국이 성립이 된 지 5년이 지난 후, 카젠트 황제와 루시아 여왕이 혼인을 선포함에 따라 제레미아 왕국은 크로아 제국과 합쳐져 새로운 제국 크로미아가 탄생했다.

백성들을 다독일 수는 있었지만 모든 생산 기반을 상실한 제레미아 왕국이 더 이상 국가로서 유지될 힘이 없었기 때문이었다.

크로미아 제국은 동부, 서부, 북부 대륙을 총괄하고, 리안느 왕국과 타이렌 합중국을 종속시켜 사상 처음으로 대륙을 일통하는 것에 성공했다.

후대의 역사에서 카젠트는 그 뛰어난 영토 확장 수단으로 정복왕이라 불리었고, 철과 피를 통해 통일을 이루었다는 점에서 철혈 황제라 불리기도 했다.

하지만 그의 치세하에 수많은 사람들이 전쟁의 공포를 극복하고, 훨씬 더 많은 사람들이 행복했다는 것으로 인해 가장 위대한 황제로 불리게 되었다.

〈『정복왕』 完〉

정복왕 King of Conquest

1판 1쇄 찍음 2011년 12월 12일
1판 1쇄 펴냄 2011년 12월 15일

지은이 | 비 경
펴낸이 | 정 필
펴낸곳 | 도서출판 **뿔미디어**

기획총괄 | 이주현
편집장 | 이재권
편집책임 | 주종숙
편집 | 심재영, 문정흠, 이경순, 이진선
관리, 영업 | 김기환, 임순옥

출판등록 | 2002년 9월 11일 (제1081-1-132호)
주소 | 부천시 원미구 상3동 533-3 아트프라자 503호 (우)420-861
전화 | 032)651-6513 / 팩스 032)651-6094
E-mail | BBULMEDIA@paran.com
홈페이지 | www.bbulmedia.com

값 8,000원

ISBN 978-89-6639-452-4 04810
ISBN 978-89-6639-120-2 04810 (세트)

http://www.bbulmedia.com

http://www.bbulmedia.com